D1721131

SUITE NOIRE

DistelLiteraturVerlag

José-Louis Bocquet (geb. 1962)) ist Schriftsteller, Drehbuch- und Dialogautor, Journalist und Essayist. Er kam 1993 mit «Sur la ligne blanche» zur *Série Noire*. Mit verhaltenem, brutalem, leidenschaftlichem Stil, beschreibt er den Alltag, die Wirklichkeit zerrütteter Familienverhältnisse, die kleinen Welten derer, die am Rande der Gesellschaft stehen, der Rebellion und der illegalen Geschäfte, wobei er ohne große Illusionen die Schwachen gegenüber der Macht und dem Geld verteidigt.

José-Louis Bocquet
Papas Musik

Aus dem Französischen von
Katarina Grän

DistelLiteraturVerlag

Die Texte von *Formica* sind von Laetitia Bocquet

«Papas Musik» ist in der Reihe SUITE NOIRE,
herausgegeben von JEAN-BERNARD POUY,
bei Éditions La Branche (Paris) unter dem Titel
«La musique de papa»
erschienen und ist eine Hommage an: «Papas Kino»
(«Le Cinéma de papa») von Jean-Bernard Pouy
(Série noire Nr. 2199, 1989, Éditions Gallimard).
Das Buch wurde verfilmt von Patrick Grandperret, produziert von
AGORA FILMS (Paris) für FRANCE 2 und ARTE.

Ouvrage publié avec le concours du
Ministère français de la culture –
Centre national du livre

Dieses Buch erscheint mit Hilfe des
französischen Kultusministeriums –
Centre national du livre

Deutsche Erstausgabe
Copyright © 2010 by Distel Literaturverlag
Sonnengasse 11, 74072 Heilbronn
Copyright mit freundlicher Genehmigung der
Éditions Gallimard: © Éditions La Branche 2007
Umschlagentwurf: Jürgen Knauer, Heilbronn
Photos: © AGORA FILMS, Paris
Druck und Bindung: Druckerei Steinmeier GmbH, Nördlingen
ISBN 978-3-942136-02-0

Ich habe mein Leben verpfuscht, ich will wenigstens meinen Tod hinkriegen. Aber ohne Schmerzen. Sauber. Cognac-Medikamente. Koma-Cocktail. Ich habe schon etwa zehn Tabletten geschluckt, als dieses kleine Arschloch aufkreuzt. Die Tür ist nicht verschlossen, er kommt herein, ohne zu klingeln. Er findet mich zusammengesunken auf der Bettcouch vor, ich fang an zu sabbern. «Du säufst ja schon wieder!», schleudert er mir entgegen. Im Zimmer ist es dunkel, er macht Licht. Da erst sehe ich sein blutüberströmtes Gesicht. Er trägt ein T-Shirt, das von der Brust bis zum Bauchnabel aufgerissen ist. Es ist Winter, ich denke, dass er sich noch erkältet. Ich bringe hervor: «Du holst dir noch den Tod!» Bei ihm habe ich noch nie die richtigen Worte gefunden. Er lacht hämisch, hustet und spuckt auf den Boden, sein Speichel ist rot. «Wo glaubst du, dass du bist?», versuche ich zu artikulieren. «In einem Schweinestall, oder?» antwortet dieses kleine

Arschloch. Er verdient eine Ohrfeige, ich versuche mich aufzurichten, aber mein Kopf steckt schon im Treibsand. Er setzt sich auf den niedrigen Tisch, um einen kräftigen Schluck von meinem Cognac zu nehmen, direkt aus der Flasche. Ich habe nicht die Kraft zu protestieren. Er betrachtet die auf dem Tisch verstreuten Medikamente.

«Wogegen sind die?»

«Gegen die Lebensmüdigkeit.»

«Geben die dir einen Kick?»

Ich bin erst halb fertig mit der Behandlung. Ich würde gern weiter machen, aber in Ruhe, ganz allein wie ein Hund, nicht vor ihm. Ich glaube, ich hör jetzt besser auf, ich kann später immer noch weitermachen.

Ich versuche aufzustehen, ich falle auf alle Viere auf den Boden. Ich höre ihn wieder hämisch lachen.

«Hilf mir», sage ich.

«Wo willst du hin?»

«Aufs Klo.»

Er bückt sich, greift mir unter die Achseln und stellt mich offenbar mühelos auf die Füße. Ich hatte ihn nicht für so kräftig gehalten. Ich schließe die Augen und lasse mich bis zur Toilette bringen. Vor der Kloschüssel lässt er mich los, ich sacke auf den Boden, halte mich an der WC-Brille fest, packe sie mit beiden Händen.

«Lass mich», röchele ich.

«Ich mach mal Mucke an...»

Ich stecke mir zwei Finger in den Hals und bekomme sie nicht rechtzeitig wieder heraus, ich kotze mir auf die Hand. Ich kotze mir den Magen aus, bis ich Halsschmerzen bekomme. Nebenan höre ich die Sex Pistols grölen, und der Bass hämmert in meinen Schläfen. Ich rutsche auf den Fliesen aus.

Als ich wieder zu mir komme, habe ich feuchte Augen. Ich muss geweint haben. Ich spritze mir Wasser ins Gesicht. Auf meinem Hemd sind Blutflecken. Ich schwanke, aber ich halte mich auf den Beinen.

Er liegt auf der ausgezogenen Bettcouch und schnarcht. Die Cognacflasche ist leer. Ich halte mich an der Wand fest, um zur Kaffeemaschine zu gelangen. Es sind noch ungefähr drei oder vier Tassen drin. Ich kippe den kalten Kaffee in einem Zug runter. Flüssigkeit tropft auf mein Hemd. Ich schaffe es zur Couch zurück, ohne zu stürzen. Ich sammle die Medikamente ein, um sie tief in meine Taschen zu stopfen. Er scheint sie nicht angerührt zu haben. In seinem Alter hätte ich der Versuchung nicht widerstehen können, sie zu probieren. Ich setze mich auf den Tisch; eine andere Sitzgelegenheit habe ich nicht mehr. Die Gerichtsvollzieher haben meine Robin-Day-Sessel schon vor langer Zeit mitgenommen.

Er schläft auf dem Rücken. Ich betrachte sein angeschwollenes Gesicht. Meine Gedanken fixieren sich nicht auf das getrocknete Blut, sondern auf seine bartlose Haut. Noch ein Kind, schon ein Mann. *No man's land.* Das Alter, in dem man vor der Wahl steht, weiter zu leben oder zu sterben. Ich habe sicher nicht die richtige Wahl getroffen, aber damals habe ich nicht darüber nachgedacht, ich war viel zu sehr mit meiner Leidenschaft beschäftigt. «Sex and drugs and rock'n roll are very good», hieß es in dem Lied. Ich hielt mich für radikal, das war vielleicht einfach nur eine Art und Weise, keine Wahl zu treffen.

Er schlägt die Augen auf. Ich erkenne nicht die Spur von Liebe oder auch nur Respekt darin. Ich bin sauer auf ihn, weil er sauer auf mich ist.

Er stützt sich auf die Ellenbogen.

«Hast du Kaffee da?»

«Ich hab keinen mehr. Muss welchen holen.»

«Du hast nie irgendwas da...»

Ich gehe nicht darauf ein. Er sinkt auf das Sofa.

«Außer üblem Gesöff... Verdammt, dein Cognac hat mich umgehauen...»

Er reibt sich mit beiden Händen über die Kopfhaut.

«Was ist mit dir passiert?», frage ich.

«Wieso?»

«Das Blut in deinem Gesicht.»

«Ich bin von irgendwelchen Arschlöchern in der Metro zusammengeschlagen worden...»

«Warum?»

«Deswegen...»

Er schlägt die beiden Fetzen seines zerrissenen T-Shirts über der Brust zusammen, so dass das aufgedruckte Motiv sich wieder zusammenfügt. Ein Hakenkreuz.

«Was ist das denn?»

«Erkennst du es nicht? Da bist du aber der Einzige!»

Ich hebe die Stimme.

«Tickst du nicht ganz richtig, mit diesem Scheiß rumzulaufen?»

«Warum denn nicht?»

«Weißt du nicht, was das bedeutet?»

«Als deine Kumpel es getragen haben, hast du dich kaputtgelacht, oder? Das hast du selbst gesagt!»

«Aber das war eine andere Zeit! Das war Provokation! Nur ein Spiel mit Zeichen und Symbolen!»

«Na und? Bei mir ist es auch Provokation! Mir sind die Juden scheißegal, mir sind die Faschos scheißegal! Stimmt, mich können alle am Arsch lecken, die Arschlöcher können mich mal alle!»

Ich brause auf.

«Aber das Arschloch bist du! Ein kleines

Arschloch, dem recht geschieht, wenn man ihm die Fresse poliert.»

Er richtet sich wieder auf. Seine Lippen zittern. In seinem Blick liegt Wut, aber kein Hass, da bin ich sicher.

«Und du bist nur ein altes Arschloch, das überhaupt nichts mehr kapiert! Leck mich doch!»

Er steht auf, geht geradewegs zu Tür. Er hebt eine große Tasche auf. Ich hatte sie nicht bemerkt, als er gekommen ist. Er macht die Tür auf und knallt sie hinter sich zu.

Eine Menge widersprüchlicher Gedanken schwirren durch das verwüstete Hinterstübchen in meinem Hirn. Sauber hingekriegt! Ich bin ein Arschloch. Jetzt kann ich in Ruhe sterben. Zur Hölle mit ihm. Ich liebe ihn.

Ich stürze auf die Straße hinaus. Er ist schon weit weg auf dem Trottoir. Er geht schnell. Ich laufe. Oder besser gesagt, ich versuche es, aber ich schwanke, ich verliere das Gleichgewicht, stoße gegen ein parkendes Auto. Ich rufe ihn, laufe weiter. Mit meinem von Blut, Kaffee und Erbrochenem beflecktem Hemd, meinem Dreitagebart und meinen blutunterlaufenen Augen muss ich aussehen wie ein Säufer. Er dreht sich nicht um. Ich hole ihn ein, kriege ihn an der Schulter zu fassen. «Mach keinen Scheiß. Komm zurück!» Ohne seinen Schritt zu verlangsamen, stößt er mich zurück. Ich taumele. Einen Moment bin ich versucht, mich fallen zu lassen. In der Gosse zusammenzubrechen, dort liegen zu bleiben. Aber ich widerstehe, klammere mich fest. Am Leben. An ihm. Ich erwische ihn. Jetzt lasse ich mich nicht mehr abwimmeln. Er brüllt: «Lass mich los, verdammt! Geh zu deiner Scheiße zurück und krepier drin!» Die böse Versuchung kehrt zurück, aber ich muss auf den Beinen bleiben. Ich packe ihn fest am Ärmel. Er könnte mir seine Faust mitten ins Gesicht schlagen, und wir wären quitt. Er tut es nicht, ich deute das als Zeichen. Ich schließe ihn in die Arme und kann die Tränen nicht zurückhalten. Dann legt er mir die Hand in den Nacken und sagt: «Na, na, hör auf, ich bring dich nach Hause, Papa...»

Seine Mutter am Telefon.

«Ich kann nicht mehr! Ich will nicht mehr! Er geht schon seit einem Monat nicht mehr zur Schule! Gestern hat mich der Direktor angerufen.»

«Haben sie einen Monat gebraucht, bis sie es gemerkt haben?»

«Oh, aber dein Sohn ist ein kleiner Schlauberger! Stell dir vor, er hat eine Krankmeldung vorgelegt.»

«Eine Krankmeldung?»

«Ein Klassenkamerad, dessen Vater Arzt ist, hat ihm ein leeres Formular besorgt!»

Ich lächele.

«Und er hat es selbst ausgefüllt?»

11

«Genau!»

«Ein Monat Abwesenheit ist lang. Was für einen Grund hat er angegeben?»

«Hirnhautentzündung!»

Ich muss einfach lachen.

«Findest du das witzig?»

«Entschuldige, aber es bedarf trotzdem einer besonderen Form von Humor, sich ausgerechnet eine Hirnhautkrankheit auszusuchen...»

«Ich finde das überhaupt nicht komisch. Wir haben eindeutig nicht den gleichen Humor.»

Das ist nichts Neues.

«Aber schließlich wundert mich das nicht bei dir. Du hast als Vater schon immer versagt.»

Ich gehe nicht darauf ein, ich suche keinen Krieg mehr. Nicht einmal ein Wortgefecht.

«Kurz, nach einem Monat ruft der Direktor mich an, äußerst liebenswürdig, um sich nach Jules Befinden zu erkundigen. Eine Hirnhautentzündung ist sehr ernst, man kann daran sterben, weißt du?»

Sie klingt plötzlich ernst.

«Und mit dem Gedanken an den Tod soll man nicht spielen, Jules ist zu jung.»

«Nein, das ist typisch für sein Alter», erwidere ich dämlich.

«Oh natürlich, wenn du so was glaubst, wundert mich das nicht... Nun, du kannst dir sicher meine Überraschung vorstellen, als Monsieur Garcin mir von der Krankheit deines Sohnes berichtet. Ich bin aus allen Wolken gefallen. Sehr, sehr tief.»

«Das kann ich mir vorstellen... Konntest du ihn nicht decken?»

«Also nein wirklich! Ich kann Betrüger nicht ausstehen, das weißt du.»

«Und wie hat Garcin reagiert?»

«Er mag Betrüger auch nicht.»

«Natürlich nicht, das ist sein Job.»

«Nein, das ist eine Frage der Moral.»

Ich gehe darüber hinweg, ich glaube nicht, dass sie die ideale Gesprächspartnerin ist, um mich auf eine Debatte über Moral einzulassen. Ein Prinzipienloser und eine Gefühlskalte passen nicht zusammen, das hat die Erfahrung uns beiden gezeigt.

«Also gut, was diktiert uns die Moral?»

«Ich habe ihm die sofortige Verweisung von der Schule erspart. Monsieur Garcin hat sehr wohl verstanden, dass ich die Hauptgeschädigte war. Er kennt meine familiäre Situation, er weiß, dass ich nie versucht habe, vor meiner Verantwortung davon zu laufen...»

«Ja, und außerdem, bei 2000 Euro pro Quartal...»

«Damit hat das nichts zu tun. Bei dir reduziert sich immer alles aufs Geld. Es gibt nicht nur finanzielle Erwägungen im Leben.»

Ich bin drei Monate im Rückstand mit der Unterhaltszahlung und habe gestern Post von ihrem Rechtsanwalt bekommen, in der er droht, mich vor Gericht zu schleifen.

«Ja, ich weiß, Geld war nie ein Problem für dich...»

Sie verkneift sich eine Antwort.

«Das ist ein anderer Streitpunkt. Wir sprechen über deinen Sohn.»

«Gut, du hast ihm den sofortigen Rausschmiss erspart...»

«Ja, aber nicht den Disziplinarrat. Die Disziplin ist eine der Säulen dieser Einrichtung. Jules zu reintegrieren ist eine Sache, aber es kommt nicht in Frage, so zu tun, als wäre nichts gewesen, sonst würden der Anarchie Tür und Tor geöffnet, alle werden es ihm nachmachen...»

«Ja, in den Augen seiner Kumpel wäre er ein Held.»

«Ein Held! Du müsstest dich mal reden hören!»

«Ich spreche aus Sicht dieser Jungen. Derjenige, der völlig ungestraft gegen die Regeln verstößt, ist ein Held. Derjenige, der sich erwischen und bestrafen lässt, ist ein Märtyrer. Das ist so in ihrem Alter. Das ist ganz normal.»

«Wenn du so auch mit deinem Sohn redest, wundert mich gar nichts mehr!»

«Nein, ich rede mit dir, ich versuche, dir ihre Sicht der Welt zu erklären. Kannst du dich nicht an deine Jugendstreiche erinnern?»

Pensionat für Mädchen in marineblauem Rock und weißer Hemdbluse. Ihr Schwarm war der Gärtnersohn, sie hatte ihn schließlich auf wilde Art und Weise unter den Magnolien im Park genommen, zwischen Schuld- und Lustgefühl. Davon war ihr ein gewisser Hang zu Liebschaften mit sozial Niedrigergestellten und zügellosem Sex geblieben, der einzige Nachtrag zu dem von ihrer Erziehung vorgeschriebenen «Gesellschaftsvertrag»; unsere Begegnung hatte auf diesem Missverständnis beruht.

«Ich habe gelernt, mich mit der Gesellschaft zu arrangieren, statt sie zu verspotten», behauptet sie. «Man kann die Welt weder ändern, noch neben ihr herleben. Wir müssen lernen, aufrecht zu gehen.»

Als ich sie das erste Mal gesehen habe, ging sie Schlangenlinien, eine Flasche Wodka in der Hand. Ihre Haare waren pechschwarz, im Nacken rasiert. Ihre Motorradstiefel und die rote Lederjacke verliehen ihr eine trügerische nonkonformistische Färbung. Ich hatte das Kreuz, das an ihrem Hals baumelte, für ein einfaches Kinkerlitzchen gehalten. Auf ihrem T-Shirt stand: «I hate your god, I love my dog». Für jemanden wie mich, der im Glauben an die Gewerkschaftsbewegung aufgewachsen war, kam dieses Un-Glaubensbekenntnis lediglich einer humoristischen Provokation gleich. Ich wusste noch nicht, dass Gott, wenn er dich von der Wiege an bei den Eiern oder Eierstöcken packt, dich nicht so leicht wieder hergibt. Und außerdem trug sie unter ihrem kurzen Rock Strümpfe mit Laufmaschen, ohne Slip.

«Was riskiert Jules beim Schulgericht?», frage ich sie.

«Disziplinarrat. Er riskiert einen Verweis.»

«Das heißt?»

«Beim geringsten Verstoß fliegt er raus.»

«Wie eine Gnadenfrist?»

«Aber das Schwerwiegendste ist, dass es eine Eintragung ins Zeugnis gibt. Das wird ihm bis zur Universität anhängen. Einige Eliteschulen können ihm sogar die Aufnahme verweigern.»

Sie hat immer davon geträumt, dass ihr Sohn auf die elitäre *École Polytechnique* gehen würde. Ich habe nie etwas gegen ein schlichtes technisches Gymnasium gehabt. Die semantischen Feinheiten vertiefen nur die Kluft zwischen den Klassen.

«Aber um den Rat ein wenig milder zu stimmen, muss er sich schuldig bekennen.»

«Gut. Und du hast mit ihm über all das gesprochen?»

«Ich habe es versucht.»

«Na und?»

Sie antwortet mit einem langen Seufzen.

Ich stelle mir die Szene vor. In dem großen Wohnzimmer ihrer Villa in den Höhen von Sèvres mit Blick auf die Hauptstadt zitiert sie ihren Sohn zu sich. Sie steht aufrecht, steif wie ein Brett. Jules lässt sich auf eins der großen cremefarbenen Ledersofas fallen. Er lässt sie reden, reibt sich die Nase, spielt mit den Schnürsenkeln seiner Turnschuhe, antwortet einsilbig auf ihre Fragen, fast ein Knurren. Sie regt sich auf, hebt die Stimme, der Junge lässt ein paar freche Bemerkungen vom Stapel, sie verpasst ihm eine Ohrfeige. Konfrontation, Schreie, allgemeine Hysterie. Der Junge geht hoch in sein Zimmer, füllt eine Tasche mit seinen wertvollsten Besitztümern, sprüht ein Hakenkreuz auf ein T-Shirt, bevor er es überstreift, und geht zur Tür. «Wo gehst du hin?», brüllt seine Mutter. «Zu meinem Vater!», antwortet der Rebell. «Genau, geh zu deinem Vater! Eine Null und eine Null ergibt immer noch Null. Aber ich warne dich, wenn du durch diese Tür gehst, setzt du deinen Fuß nie wieder in dieses Haus!» «Das will ich doch hoffen!» Türknallen. Ende der Szene.

«Hör zu», sagt sie schließlich. «Dein Sohn ist ein Dummkopf. Das ist alles, und das ist nicht erfreulich, aber ich muss den Tatsachen ins Auge sehen: ich habe einen Schwachkopf in die Welt gesetzt. Ich habe alles getan, was in meiner Macht stand, um ihm alles zu geben, was er brauchte, um sich zu entwickeln, sich intellektuell und psychisch zu entfalten, aber ich glaube, dass all diese fürsorglichen Bemühungen reine Verschwendung waren. Dieses Kind ist ein Versager. Mein persönliches Versagen. Ich stehe dazu. Aber jetzt stellt sich die Frage: was machen wir mit ihm? Was machst du aus ihm? Einen Junkie? Einen Betrüger?»

Sie fügt nicht hinzu: «wie sein Vater», aber sie meint es so, ich kenne sie.

Ich antworte aufrichtig:

«Ich weiß es nicht.»

«Nun gut, Jules, was hast du jetzt vor?»

«Weiß nicht...»

Er lümmelt sich auf der Bettcouch, die Füße auf dem niedrigen Tisch. Er steckt sich eine neue Zigarette an. Der Aschenbecher quillt über.

«Du solltest ihn ausleeren, das stinkt, diese ganzen Kippen...»

«Ja, ja...», antwortet er, ohne sich zu rühren.

«Deine Mutter macht sich Sorgen um deine Zukunft...»

«Der alten Schlampe bin ich doch scheißegal!»

Er ist immer noch wütend auf sie.

«Sprich vor mir nicht so über sie.»

«Ach nein, warum, ist sie jetzt dein Kumpel? Glaubst du, ich kann mich nicht erinnern, dass du sie wie eine Schlampe behandelt hast, als ich klein war?»

Der perfide Kerl.

«Sie ist, wie sie ist. Sie wird sich nicht ändern, wir müssen sie so nehmen.»

«Mal ehrlich, wie konntest du bloß mit so einer Tussi ein Kind machen?»

«Ich bereue es nicht. Du bist da, das ist das einzig Positive an unserer Geschichte.»

Ich spreche ruhig, wie der alte Weise, aber aus seinem Blick spricht Enttäuschung. Er glaubt noch, dass man schreien muss, um überzeugend zu sein.

«Na gut. Willst du hier mit mir leben?»

«Willst du mich nicht haben?»

«Doch, doch!», erwidere ich eilig. «Aber das ist ein Büro ...»

«Du lebst ja auch hier.»

«Was ich sagen will, ist, dass hier eine gewisse Disziplin im Leben gewahrt werden muss. Hierher kommen Leute, um zu arbeiten.»

Er betrachtet die drei leeren Tische unter dem Glasdach, die ausgeschalteten Computer, die Menge unverkaufter Schallplatten, die sich an einer Wand stapeln, die vollen Papierkörbe.

«Sieht nicht so aus, als wäre das hier im Augenblick der reinste Taubenschlag ...»

«Es kommt ein neuer Praktikant ... du wirst morgens aufstehen müssen ...»

«Das geht schon, das kann ich ja machen ...»

«Gut. Und wenn du erst mal aufgestanden bist?»

«Frühstücke ich ausgiebig!»

Sein hämisches Lächeln gibt mir zu verstehen, dass er scherzt. Ich lächele nachsichtig.

«O.k. ... Und dann?»

«Weiß nicht.»

«Die Penne?»

«Fängst du jetzt etwa auch damit an?»

«Ich frage dich. Du hast es nicht mehr weit bis zum Abi, vielleicht ist es schade, wenn...»

Er fällt mir ins Wort.

«Das reicht, die Ansprache hatte ich schon.»

«Und wie lautet deine Antwort?»

«Dass ich hier bin. Mit der Penne bin ich fertig.»

«Warum?»

«Weiß nicht. Ist eben so. Es stinkt mir einfach.»

Er drückt seinen Glimmstängel in dem vollen Aschenbecher aus. Kippen fallen auf den Tisch.

«Bitte, der Aschenbecher ist voll...»

«Ja, ja, keine Sorge, ich leer ihn schon aus...»

«Jetzt, bitte.»

Mein Ton ist ruhig, aber er spürt, dass ich kurz davor bin, die Stimme zu heben. Er steht auf, greift nach dem Aschenbecher, einige Kippen fallen auf den Tisch, er sammelt sie nicht ein, steuert auf einen Papierkorb zu. Eine Aschewolke bleibt einen Moment lang über dem zerknüllten Papier hängen. Er setzt sich wieder hin, sammelt die vergessenen Kippen ein und wirft sie in den Aschenbecher. Er steckt sich eine neue Zigarette an.

Ich fahre fort.

«Und was fängst du mit deinem Leben an, wenn du nicht in die Penne gehst?»

«Mein Leben ist Scheiße.»

Ich kann ihm nicht ganz Unrecht geben, was das Leben im Allgemeinen angeht, aber Jules ist nicht mein Kumpel. Er ist mein Sohn. Ich muss positiv sein. Ich muss lügen.

«Es muss doch irgendwas geben, das dir Spaß macht, oder?»

«Weiß nicht.»

«Denk nach.»

«Warum wollen immer alle, dass ich nachdenke?»

«Weil man dich für intelligent hält...»

«Wozu ist das gut, intelligent zu sein? Kohle zu scheffeln für ein großes Haus, einen dicken Schlitten, eine dicke Frau? Wenn ich darüber nachdenke, würde ich ehrlich gesagt lieber aus dem Fenster springen, verstehst du.»

«Das sagt sich so leicht, du hast immer im Geld gelebt. Du hast ganz schön davon profitiert.»

«Ich habe nicht darum gebeten, ich habe mir meine Familie nicht ausgesucht.»

In diesem Stadium der Unterhaltung würde ich sie am liebsten auf die Art der Mutter beenden, nämlich mit Ohrfeigen, aber mein Vater hat mich nie angerührt, das hinterlässt Spuren.

«Na gut, lass uns die Sache von einer anderen Seite angehen. Wenn ich dir hier und jetzt ein Geschenk machen sollte, was würdest du dir wünschen?»

«Wovon denn? *Maman* sagt, du bist ruiniert.»

«Egal. Antworte trotzdem auf meine Frage…»

Er lehnt sich auf dem Sofa zurück, schaut ein paar Sekunden an die Decke, bevor er mich wieder ansieht. Er blickt mir direkt in die Augen. Sie sind königsblau. Mein Großvater väterlicherseits hatte dieselbe Augenfarbe.

«Eine Gitarre. *Maman* wollte nicht, dass ich meine mitnehme. Also eine Gitarre und einen Verstärker, das ist es, was ich brauche.»

Der Gerichtsvollzieher klingelt Punkt acht Uhr. Monsieur Deneuff. Er ist der Neunte, der seit Anfang des Jahres im Morgengrauen klingelt. Er ist fünfzehn Jahre jünger als ich und wird langsam kahl. Ich höre nicht zu, als er seine Predigt herunterleiert. Wer hat ihn diesmal beauftragt? Ein Plattenpresser, ein Druckereibesitzer, die Sozialversicherung, die Gesellschaft für Rechteverwertung? Wozu die Antwort hören?

Die Durchsuchung geht schnell. Drei Zimmer. Das größte, unter einem Glasdach, ist für das Personal. Zur Stunde schläft dort Jules auf der Bettcouch. Er schnarcht, auf dem Rücken ausgestreckt. «Das ist mein Sohn», erkläre ich.

Das zweite Zimmer, kleiner, ist mein Büro. In dem dritten lagern der Warenbestand sowie mein Bett und die Kartons mit meinen Kleidern. Dazu ein Klo.

Der Gerichtsvollzieher wirkt enttäuscht.

«Bei Ihnen ist nicht viel zu holen, Monsieur K.»

Er spricht leise, um Jules nicht zu wecken. Ich antworte ebenso leise.

«Ich habe schon bessere Zeiten gesehen.»

«Ich notiere die drei Computer. Macintosh.»

Ich gehe dazwischen, um zu erklären, dass diese Geräte gemietet sind. Monsieur Deneuff ist verärgert.

«Haben Sie die Verträge?»

«In meinem Büro.»

Monsieur Deneuff folgt mir. Auf meiner Arbeitsfläche häufen sich Papiere, Akten, Demobänder.

«Seit ich keine Sekretärin mehr habe, verliere ich ein wenig den Überblick... Haben Sie etwas Zeit?»

«Ist Ihr Schreibtisch ein Knoll? Ein schönes Modell aus den siebziger Jahren. Elegant, ein wenig beschädigt. Diese Kaffeeflecken sind schade...»

«Ich habe ihn verkauft. An einen Privatmann, er holt ihn morgen ab...»

«Sie haben natürlich den Kaufvertrag?»

«Natürlich, irgendwo in diesem Saustall, aber ich suche ihn für Sie raus...»

Jetzt schielt er nach dem Chevalier-Sofa, dem niedrigen Perriand-Tisch und den beiden Mallet-Stevens-Sesseln. Die letzten Überreste aus einer besseren Zeit.

«Und das alles? Auch verkauft?»

«Ja, an denselben Typen.»

Das ist nicht gelogen. Und ich beweise es. Eben habe ich die Miet- und Kaufverträge in einer Akte mit der schmucklosen Beschriftung: *Gerichtsvollzieher (da fuck)* wiedergefunden. Monsieur Deneuff runzelt die Stirn, um die Dokumente mit wichtigtuerischer Miene zu lesen.

«Das ist nicht zufällig eine Verkaufsurkunde aus Gefälligkeit? Dieser Monsieur Cuzor ist kein Bekannter von Ihnen?»

Natürlich, er ist mein letzter Freund. Allmonatlich erstellen wir eine neue Verkaufsurkunde, auf der sich nur das Datum ändert. Und allmonatlich ziehen Pleitegeier wie du mit eingekniffenem Schwanz wieder ab.

Aber ich kenne dich, guter Mann. Du willst mit einem Knochen in den Hundezwinger zurückkehren.

«Dieser Herr hat bar bezahlt. Mir bleiben noch 450 Euro. Wie viel bin ich Ihnen schuldig?»

«Das sagte ich bereits. 3 770 Euro.»

«Das kann ich Ihnen schon mal geben, das ist alles, was ich noch habe, außer 10 Euro, damit mein Sohn heute Mittag etwas zu essen bekommt. Mehr kann ich nicht. Aber ich verpflichte mich, Ihnen jeden Monat die gleiche Summe zu zahlen, bis die Schulden vollständig getilgt sind.»

Vierhundertfünfzig Euro in bar sind kein Pappenstiel. Deneuff lässt sich auf den Kompromiss ein, gibt mir einige Papiere zu unterschreiben. Ich begleite ihn auf den Flur, los, raus jetzt.

«Bis bald, Monsieur Deneuff.»

«Das wünsche ich Ihnen nicht.»

Ich hause jetzt weit von meiner Stadtvilla in der Rue Junot entfernt. Seit sechs Monaten ist meine Gesellschaft am Stadtrand, Porte de la Chapelle, mitten in einem von der Steuer befreiten Gewerbegebiet untergebracht.

Ich bin ein Überlebender. Der letzte selbständige Produzent. Vor fünf Jahren stand ich an der Spitze meiner Berufsgruppe. Heute stehe ich nirgends, ich bin ganz allein.

Die Besten überleben noch, dank in großem Maßstab aufgezogener Sozialpläne. Innerhalb von zehn Jahren hat die Plattenindustrie Tausende von Arbeitslosen auf den Markt geworfen, die eine Arbeit suchen, die es nicht mehr gibt. Wie viele Bewerbungen und Lebensläufe erhalte ich täglich? Um die zehn, alle überqualifiziert, übererfahren, aber ich brauche nur ein oder zwei hungrige Praktikanten. Die Zeiten ändern sich schnell in diesem Metier.

Die virtuelle Diskothek ist an die Stelle der guten, alten Schallplatte getreten. Das ist weder gut noch schlecht, es ist so. Wir haben mit ansehen müssen, wie unsere Haupteinnahmequelle versiegt ist. Kleine wie Große, ohne Barmittel sind wir zum Tode verurteilt. Die meisten der Künstler, die von uns abhängig sind, ebenfalls. Aber die Musik wird unseren Untergang überleben, und eine neue Industrie kann aus unserer Asche entstehen. So ist es. Ich habe keine Kraft mehr zu kämpfen. Ich bin im letzten Jahrhundert geboren. Damals waren die Musik und ihr Träger ein und dasselbe. Man nannte das eine Schallplatte.

«Ich brauch Kohle, K. Du musst mir welche geben. Setz sie auf meinen Vorschuss.»

Oliver ist fünf Jahre älter als ich. Ich war siebzehn, als ich zum ersten Mal zu einem seiner Stücke Pogo getanzt habe. Er war damals der Leader von Panter Panik, einer Post-Punk Gruppe. Um die fünfundvierzig Kultplatten für eine Handvoll Zombies im Großraum Paris. *Je suis un Mythomane, Panzer Panik*, und vor allem *Manifeste du Punkréalisme*. Schneller Rock, harter Sound, kurze, kratzende Gitarrenriffs. Und dann machten sie einen Fehler. *Planète verte*, ein Reggae Pasticcio.

Das erste der Art, und auf Französisch. Ein Erfolg auf den privaten Radiosendern, die damals noch vom Ausland aus sendeten. Oliver und seine Jungs willigen in eine Live-Fernsehsendung ein, um 20 Uhr 30. Panter Panik geht um 21 Uhr 12 auf Sendung. Um 21 Uhr 14 zeigt Oliver der Kamera sein Geschlechtsteil. Unterbrechung der Sendung. *Planète verte* kommt ganz groß raus. Von dem Augenblick an habe ich ihre Geschichte nicht mehr verfolgt; für mich waren sie Verräter, die sich vom Showbusiness hatten kaufen lassen. Trotzdem kenne ich den weiteren Verlauf, immer das gleiche. Achthunderttausend Exemplare von *Planète verte* verkauft, Ruhm, Geld, Sex, Drogen. Aufstieg und Fall. Nach zwei Alben ist Panter Panik wieder in die Dunkelheit der Garagen zurückgekehrt. Der Gitarrist ist an einer Überdosis gestorben. Oliver ist allein geblieben. Ende des ersten Teils der Reise. Zweiter Teil: fünfzehn Jahre Anonymität, unterbrochen durch drei Singles und ein einziges Solo-Album für einen selbständigen Produzenten mit Sitz in Seine-Maritime. Akustische Gitarre und limitierte Auflagen. Zur Jahrhundertwende beginnt er, bedeutenden Größen des französischen Variété-Rock Liedtexte zu verkaufen. Darunter ein Hit für Johnny. Relatives Comeback. An dem Tag, an dem er in meinem Büro aufgekreuzt ist, habe ich ihn sofort erkannt, trotz ausgegangener Haare und zugelegter Kilos.

27

Er schlägt eine Platte mit Cover-Versionen vor. Disko-Hits der 70er, umarrangiert in Bossa Nova der 50er. *Saturday Night Greaser*. «Die Greasers sind die mit der Pomade im Haar, so wurden die Mexikaner, die Latinos genannt, daher der Titel, verstehst du?» Ich habe ja gesagt. Ich habe einen alten Bekannten, einen Versicherungsagenten, eingelullt, für den Oliver ein Idol war. Er hat Geld locker gemacht, obwohl er, wie wir alle, Disko-musik noch nie ausstehen konnte. Ich habe noch einen weiteren ehemaligen Fan mit einbezogen, der Anteilseigner in einem Aufnahmestudio ge-worden war. Nur aus Respekt für den Veteranen haben die Techniker und Musiker sich darauf ein-gelassen, zum halben Preis zu arbeiten. Hundert-tausend statt 200 000.

Ich bin jetzt bei einem kleinen Vertrieb. Er hat eine Marktnische: kleine, limitierte Auflagen. Er versteht es, die Platten zu verkaufen, die sich nicht verkaufen lassen, aber nicht die, die sich verkaufen lassen. Dieses Paradox bedeutet sein Überleben. Es lähmt mich. Trotz einer außer-gewöhnlichen Presseresonanz – alle preisen Oli-ver, den Totgeglaubten, alle scheinen die musika-lischen Spaltungen in der Vergangenheit verges-sen zu haben, die Punklegende ist zum Disko-Samba geworden, es ist die Zeit der großen ulti-mativen Musik-Mixe –, konnte ich nicht mehr als sechshundert Kopien verkaufen. Mein Vertrieb kann es nicht mit den großen Vertriebsketten aufnehmen.

Das Album hat mich 150 000 Euro gekostet. Ich verkaufe 600 zu je 5 Euro Reingewinn für mich. Die Rechnung ist schnell gemacht. Ich verdiene 3 000 Euro. Was tue ich? Ich warte auf die Gerichtsvollzieher.

«Ich habe dir schon 8 000 Euro gegeben, Oliver… Nur für dich, persönlich. Ich rede nicht von dem Vorschuss für die Produktion!»

«Du wirst den Verlust durch den Verkauf wieder wettmachen… Hast du die Artikel gesehen, die die gesamte Presse über uns bringt? *Libé, Rock & Folk, Les Inrocks*, sogar *Télérama*! Das ist ein Bombenerfolg, K.! Wir werden kämpfen!»

«Ich hoffe, ich hoffe…»

«Wir müssen Gas geben. Jetzt bräuchten wir einen Clip, um die Sache anzutreiben. Ich weiß, dass du wie üblich sagen wirst, das ist zu teuer! Aber du, K., hättest gern, dass die Platten sich von selbst verkaufen. Wir müssen investieren. Du musst Geld geben, um welches zurückzubekommen.»

«Wo wird dieser Clip gesendet? In den 20-Uhr-Nachrichten? Zur besten Sendezeit?»

«Ich kann ihn günstig für dich machen, mit einem realistisch denkenden Kumpel. Wir haben eine grandiose Idee, verstehst du, ähnlich James Bond, dem mit Sean Connery natürlich, klar, aber mit dem düsteren gruftmäßigen Akzent à la Tim Burton oder David Lynch, verstehst du?»

«Wie viel?»

«Was weiß ich, soviel du uns geben kannst…»

«Nein, so läuft das nicht. Du und dein Kumpel, ihr habt eine Idee, schreibt ein Drehbuch, stellt ein Budget auf, macht mir einen Kostenvoranschlag, und wir reden darüber…»

Das wär's, ein paar Tage gewonnen. Ein Clip. Wozu? Bestenfalls zwei Nachtsendeplätze auf einem Kabelkanal? Ich brauchte kein Marketing- und Produktionsleitungsgenie zu sein, um zu begreifen, dass ich mir ebenso gut gleich in die Brieftasche pinkeln könnte, wenn ich die 20 000 Euro finanzieren würde, die sein Clip kosten wird.

«Kannst du mir in der Zwischenzeit ein wenig Kohle geben? Als Vorschuss?»

Wieder am Ausgangspunkt angekommen.

«Wie viel willst du? Fünfzig Euro?»

«Hundertfünfzig?»

«Ich hab nur 100.»

«O.k., ist gut, super!»

«Und dass du mir keine Drogen davon kaufst!»

«Verdammt, K., ich hab dir doch gesagt, dass damit ein für alle Mal Schluss ist. Das Moos ist zum Futtern, das ist alles.»

Ich reiche ihm die zwei Scheine.

«Danke, K. … Muss jetzt los, ich hab einen Termin bei einem Fanmagazin: *Comix Remix*, kennst du das? Jetzt hab ich keine Zeit mehr, aber nächstes Mal müssen wir über das Konzert reden, das ich geben will. Das wird gut für die Werbung, verstehst du. Wir müssen einen schönen Saal aussuchen!»

«Das Olympia?»

«Ja, genial!»

«Oder die erste Etage vom Eiffelturm?»

«Genial!»

Dann scheint er nachzudenken.

«Glaubst du wirklich, das wäre möglich, oder redest du Scheiß.»

«Ich rede Scheiß.»

«Hier ist Miquet. O.k. Du musst den Hörer abnehmen. Ich komm aus'm Knast, und ich brauch Zaster, also, du musst mir schleunigst geben, was du mir schuldest... Scheißanrufbeantworter!» Das ist eine Nachricht, die auf der Sprachbox meines Handys hinterlassen wurde. Miquet, ein Totgeglaubter. Ein Abschaum, der in der Rap-Szene rumhing, damals, als die Schallplattenindustrie sich an Ungeziefer bereicherte, damals, als ich aus den Banlieues die Stimme einer neuen, revolutionären Ordnung zu vernehmen glaubte. Ich hatte Ra-Sheed, einen Rapper aus den westlichen Vororten unter Vertrag genommen, und ihm die Stunde seines Ruhmes gewährt. Miquet war sein Leibwächter. Ein Gangster, glaubens- und gesetzlos, mit einem Spatzenhirn, aber überdimensionalen Händen. Ohren so groß wie Mickey. Daher sein Spitzname. Miquet war Rap scheißegal, er sah lediglich einen Weg darin, ohne Einbruch in eine Welt zu gelangen, die ihm bis dahin verschlossen geblieben war. Blondinen, 4 x 4-Kutschen, Champagner und VIPs. Aber im Showbusiness dauert die Fete nur eine Nacht. R'n'B verdrängte den Rap-Pionier aus den CD-Fächern. Ra-Sheed hatte sein großes Pariser Appartement aufgeben müssen, um in sein Vorort-Loch zurückzukehren, wieder Rachid zu werden. Miquet hatte sich nicht dazu entschließen können. Ein aussichtsloser Kampf zur Rettung der Ehre. In Ra-Sheeds Namen, bewaffnet nur mit seinen beiden Händen, hatte er all jenen einen Besuch abgestattet, die an der Affäre beteiligt gewesen waren. Er sagte, wir müssten «unsere Schuld begleichen». Für meinen Rechtsanwalt war das reine Erpressung. Miquet zufolge beliefen sich meine Schulden bei Ra-Sheed, dem Rap und allen Brüdern der Banlieues-Gemeinde auf 100 000 Euro; es war mir gelungen, sie auf 10 000 runterzuhandeln. Unnötig zu erwähnen, dass Ra-Sheed nie auch nur einen einzigen Cent von diesem Erpressergeld zu Gesicht bekommen hat.

Mit dem Rap hatte ich viel Geld verdient, aber meine letzten Illusionen über die Fähigkeit eines Lieds, die Welt zu verändern, verloren. Ich hatte

mich in Richtung Techno bewegt, weit von jegli-
chem Text entfernt. Seitdem war Miquet nur noch
Teil schlechter Erinnerungen und guter Anekdo-
ten.

Und jetzt tauchte er wieder auf.

«Ein großer japanischer Autohersteller hat Olivers
Fassung von *Born to Be Alive* als musikalische
Untermalung für den Werbespot für die Lancie-
rung seines nächsten Models ausgewählt. Drehort:
Japan. Länge: 43 Sekunden. Pauschalangebot für
eine Laufzeit von einem Jahr: 130 000 Dollar. Ich
warte auf deine Anweisungen.» Die E-Mail trägt
die Unterschrift von Nicolas, dem ehrenwerten
Repräsentanten der Edition K. in Asien.

Es ist 9 Uhr 30. Schein oder Schwein? Der
Himmel scheint endlich aufgehört zu haben,
Scheiße auf mein Leben regnen zu lassen.

Ich antworte Nicolas sofort.

«Verlange 150 000.»

Ich verbringe den Vormittag am Telefon in Ge-
schäftstransaktionen mit dem ursprünglichen Verleger von *Born to Be Alive*. Der wiederum ver-
handelt mit dem Autor. Ich habe den guten Plan,
sie haben die Rechte, wir werden rasch einig.

Um 15 Uhr 47 verkündet Nicolas: «Einverstanden mit 150 000.»

Wie spät ist es in Tokio?

«Kann ich dich um einen kleinen Gefallen bitten, Oliver?»

«Nur zu.»

«Könntest du mir eine gebrauchte Gitarre besorgen? Nicht zu teuer, aber trotzdem gut.»

Er grinst.

«Typisch du. Das Beste möglichst billig.»

«Du kannst mir doch eine auftreiben, oder? Du kennst alle und jeden, und du verstehst was von Instrumenten. Ich vertraue dir.»

Normalerweise vergeudet Oliver nie seine Zeit für andere, aber ich bitte ihn um einen Gefallen in seinem Zuständigkeitsbereich. Er hatte schon immer eine Gitarre zur Geliebten, und in seinem Studio in der Rue Fromentin drängen sich etwa zehn davon.

«Ist sie für dich? Sattelst du um?», scherzt Oliver.

«Für meinen Sohn.»

«Spielt er Gitarre?»

«Er versucht es…»

«Braucht er auch einen Verstärker?»

«Bestimmt.»

«Will er auftreten?»

Wie lange bin ich diese Treppe schon nicht mehr hinuntergestiegen? Der Geruch ist immer noch der gleiche. Warmer Schweiß, abgestandenes Parfüm, kalte Zigaretten.

An der Kasse verbirgt eine brünette junge Frau ihren jugendlichen Blick hinter kohlrabenschwarz geschminkten Augenlidern; sie weiß noch nicht, dass die Kunst des Schminkens in der Nichtsichtbarkeit liegt, nicht in der Camouflage. In ihren Augen bin ich so etwas wie ein Fremdkörper. Grußlos schleudert sie mir den Eintrittspreis entgegen. Zum ersten Mal seit langer Zeit empfinde ich ein gewisses Vergnügen dabei, den Insider der Szene zu spielen: «Ich stehe auf der Liste.» Sie sucht meinen Namen langsam auf einem linierten Blatt, scheint enttäuscht, ihn zu finden, reicht mir widerwillig ohne ein Wort eine Freikarte. Ich lege einen Zehneuroschein vor sie hin. Der Eintrittspreis. «Wenn Sie auf der Liste stehen, kostet es nichts!», erklärt sie in dem ungeduldigen und herablassenden Ton einer Schalterbeamtin im öffentlichen Dienst. «Ich weiß. Das ist nur ein Beitrag für die Kriegsanstrengungen...» Sie hat meinen Spruch zwar nicht verstanden, fühlt sich aber verpflichtet, mir zu danken. Das ist alles, was ich wollte: dass sie sich dieses einfache Wort abringt.

Im Souterrain scheint sich nichts verändert zu haben – die Bar, die unbequemen Bänke, die schmale Bühne –, aber sicher täusche ich mich. Ich kann mich nie genau an die Orte erinnern, nur an ihre Atmosphäre. In der Hinsicht ist das «Gibus» unverändert. Die Jugend ist zeitlos. Sie trägt Lederjacken, taillierte Jacken, Button-down-Hemden mit sehr langgezogenen Kragen, mit ultimativen Slogans bedruckte T-Shirts, hautenge Hosen, karierte Miniröcke, künstlich schmutzig gemachte weiße Turnschuhe, spitz zulaufende Boots. Die Frisuren sind zerzaust, die Gesichter fahl.

Die Atmosphäre ist bereits geschwängert von Feier-Stimmung und Qualm. Das Lachen der Mädchen mischt sich mit den Stimmen der Jungs, die gerade erst den Stimmbruch hinter sich haben. Erzwungene Lässigkeit, aufgesetzte Fröhlichkeit, einstudierte Geselligkeit. All diese jungen Leute erfinden eine menschliche Komödie neu, deren Partituren ich bereits nur zu gut kenne. Das ist nicht mehr mein Platz, und es fällt mir schwer, mich in ihrem beschränkten Raum zu bewegen. Ich bin zu langsam, lasse mich anrempeln, entschuldige mich, weil ich mir einen Weg bahne – zu höflich, um spontan zu sein. Hier haben sie alle jemanden zu treffen, zu umarmen, zu begrüßen, zu verführen, zu meiden, so viele Bojen zum Festklammern. Ich suche niemanden, ich treibe orientierungslos dahin. Ich bin allein.

Dennoch spüre ich keine Aggression gegen mich, nicht einmal Neugier, nur Gleichgültigkeit. Die Blicke gleiten über mich hinweg. Ich bin ein alter Mann.

Ich schaffe es bis zur Bar, erhasche schließlich die Aufmerksamkeit einer Bedienung, bestelle einen Wodka-Tonic. Am anderen Ende des Tresens, zwei bekannte Gesichter. Die einzigen anderen Alten im Publikum. Ich erkenne sie wieder, sie haben vor sehr langer Zeit den Beruf des Rock-Kritikers erfunden. Seitdem haben sie ihre Post-Punk-Eleganz kultiviert, während ich zu Kaschmiranzügen übergegangen bin. Der einzige Unterschied zwischen uns besteht in der Aufmachung. Sie scheinen ihre Jugend nicht verraten zu haben und sind heute von jungen Leuten umgeben, für die sie zu Ikonen geworden sind. Mit Joe Strummer gesoffen und mit Johnny Thunders gefixt zu haben, ist auch eine Art, zur Legende zu werden. Ich habe mit Chet Baker geschnupft, aber man hört keinen Jazz, wenn man unter dreißig ist.

Der Kellner bringt mir meinen Wodka-Tonic. Ich bemerke seinen glanzlosen, professionellen Blick. Vor fünfundzwanzig Jahren glaubte ich noch, dass der Barmann in der Hierarchie der Nachtphantome an erster Stelle steht. Angelpunkt der Gefühle und Begierden. Um seine Macht beneidet. Ich bezahle lächelnd mein Getränk, ich beneide die Barmänner nicht mehr.

Ich kippe den mit bitterem Soda verwässerten Wodka in wenigen Schlucken hinunter. Der Cocktail schmeckt nach einer Madeleine. Jetzt habe ich meinen Platz wiedergefunden.

Mehrere Gruppen stehen auf dem Abendprogramm. Bei der ersten höre ich mit halbem Ohr zu, ohne die Bar zu verlassen. Es handelt sich um junge Leute in hautengen Hosen und mit zerzausten Frisuren. Sie spielen alle laut und schnell, manchmal gleichzeitig. Sie singen englisch mit dem Akzent von Vitry. Eine Gruppe Mädchen löst sie ab. Sie spielen lauter und schneller als die Jungs. Sie singen englisch ohne Akzent.

Ich bin wegen der dritten Gruppe da.

Sie sind zu viert auf der Bühne. Ein Schlagzeuger, ein Bassist, ein Gitarrist und Jules vor dem Mikro. Er hält die Vintage-Les-Paul-Gitarre, die Oliver aufgetrieben hat. Sie hat mich ein Vermögen gekostet, die Überziehungszinsen bei der Bank nicht mitgerechnet. Ein Marschall-Verstärker, klassisch. Ich weiß nicht einmal, ob er etwas damit anfangen kann, aber als er sie bekommen hat, war er wie ein Kind, das an den Weihnachtsmann glaubt. In diesem Augenblick habe ich mich gefreut. Dennoch habe ich ihn nie in meiner Gegenwart spielen hören. Wenn Oliver fragt, ob mein Kleiner dank der Les-Paul Fortschritte macht, lüge ich und bejahe. Ich weiß hingegen, dass er den Verstärker bei einem Freund deponiert hat, und dass er jeden Tag mit dem Instrument in seinem Kasten das Haus verlässt. Den Kasten hat er mir seitdem auch noch abgeschwatzt. Jetzt will er ei-

nen Dreifuß-Gitarrenständer – «der ist unentbehrlich, verstehst du! Stell dir vor, ich lehne die Gitarre da an die Wand, sie rutscht weg, der Hals
bricht, bei dem Preis! Verstehst du?» – Ich habe
geantwortet, dass wir später sehen würden.

Für sein erstes Konzert trägt Jules unter einer
zu kurzen schwarzen Lederjacke ein T-Shirt mit
einem ungeschickt mit der Schere ausgeschnitten
Halsausschnitt. Es trägt eine handgeschriebene
Aufschrift. *Formica.*

Er hat mir erst am Nachmittag erzählt, dass er
heute Abend im «Gibus» spielen würde. Einfach
so, en passant, lässig. Ich habe gesagt, dass ich ihn
gern spielen sehen würde. Er hat erwidert: «Wenn
du willst, setze ich dich auf die Liste …»

Jules schlägt einen Akkord an. Ein Geräusch,
dass die Zähne knirschen.

Ich mache mich auf das Schlimmste gefasst.

Wir gehen die Straße runter auf unserem
*   Plastikstuhl*
Wir sind schick und wir sind cool
Hey, hey, die neuen Dandys sind da
Hey, hey, wir sind es, Formica.

Ich bin kein Musikkritiker und hätte meine liebe
Mühe zu beschreiben, was sich auf der Bühne abspielt. Der Rock ist eine Erfahrung, die man live
miterleben muss. An jenem Abend schlagen die

Herzen all jener, die sich unter den Dezibels versammelt haben, im selben Takt.

Als Jules seine Lederjacke auszieht, höre ich Rufe im Saal, vor allem in der ersten Reihe, wo der ganze Freundeskreis sich drängelt und den Takt für das übrige Publikum angibt. Zugegeben, in diesen Rufen, größtenteils weiblich, klingt Ironie an, eine Nachahmung naiv-sentimentaler junger Mädchen. Das nimmt ihnen nichts von ihrer elektrisierenden Wirkung, die sie auf Jules zu haben scheinen. Sein T-Shirt mit den vom «verrückten Schneider»[1] abgeschnittenen Ärmeln entblößt seine langen, mageren, flaumigen Arme. Er schlägt einen einzigen Akkord an, lässt dann von seiner Gitarre und packt mit beiden Händen das Mikro. Wie können so zierliche Arme solch ein Bild von Kraft vermitteln?

Steig auf mein Fahrrad Puppe
Du kannst es besser als die anderen
Komm fahr mit mir durchs Viertel
Ich bin großzügig, ich lass dir den Sattel
   Aufs Rad, aufs Rad, aufs Rad
   Ich hab Klasse mit meiner fluoreszierenden
     Lenkstange

---

1 Anspielung auf einen Sketch von Christian Lamblin in seinem Buch: *Le tailleur fou et autres sketches,* Paris 2002 *(Anm. d. Übers.).*

Er lehnt seine Gitarre gegen seinen Verstärker. Larsen Effekt. Rufe im Saal. Er zieht den Stecker raus. Die Gitarre schwankt, ich sehe den Hals schon brechen, aber wie durch ein Wunder kippt sie nicht um. Jules kehrt zum Mikro zurück. Auf dem Weg zieht er sein T-Shirt aus. Sein Oberkörper glänzt vor Schweiß. Seine dunklen Locken, die ihm auf der Stirn kleben, verleihen ihm ein wildes Aussehen. Die Rufe – Jungs wie Mädchen – grenzen nun fast an die Blue Notes der Hysterie. Ich spüre, wie die Begeisterung der Menge mich mitreißt.

Das ist der Moment, den Jules wählt, um sich mit ausgebreiteten Armen von der Bühne fallen zu lassen. Ein Adrenalinstoß lässt mich im Gleichklang mit meinen Nachbarn brüllen – vielleicht noch lauter. Sofort strecken sich Dutzende von Armen nach diesem Körper aus, den er ihnen preisgibt. Vor sehr langer Zeit, als ich noch in den Rock Clubs verkehrte, hat Kent Hutchinson eines nachts versucht, mir das einzigartige Gefühl zu beschreiben, das ein Rocksänger empfindet, wenn er – buchstäblich – in die Menge taucht. Und wenn das Publikum sich vor ihm teilen würde wie das Rote Meer? Er hatte erwidert, dass das nicht passieren könnte, er tauchte ein, wenn er spürte, dass das Publikum einen gewissen Punkt der Erregung erreicht hatte. Er wurde immer mit ausgestreckten Händen empfangen. Im schlimmsten

Fall rutschte er ab, um aufrecht unter den Zu-
schauern zu landen. Aber in den meisten Fällen
war die Menschenmenge so kompakt, dass er rei-
bungslos hinabgleiten konnte. Er surfte wie ein
Bodyboarder, mit dem Unterschied, dass zwischen seinem Körper und der menschlichen Welle
kein Brett lag. Ich hatte gedacht, dass das ein Gefühl war, das ich nie kennenlernen würde.

In dem Augenblick, als die Menge Jules Körper
auffängt, durchfährt mich eine böse Hitzewallung,
wie Eifersucht.

Jules gleitet einige Meter, dann teilt sich das
Rote Meer allmählich. Als er den Boden berührt,
springt er sofort wieder auf und kehrt auf die
Bühne zurück.

Begeisterte Anfeuerungsrufe zum Weitermachen. Ich brülle nicht, ich pfeife nicht, ich stampfe
nicht mit den Füßen, aber ich klatsche so laut wie
möglich, ohne etwas von meiner Würde zu verlieren.

Die Mädchen sind doof, sie sind zu blöd
Schick sie zum Teufel
Lass den Kopf nicht hängen, sie sind zu blöd
Man muss stolz bleiben, yeah, yeah

Das ist das Ende des Sets. Jules verbeugt sich tief,
um dem Publikum zu danken. Martialisch. Dann
richtet er seinen Körper abrupt wieder auf, mit ge-

schmeidigem Nacken, die Locken seiner Haare folgen der Bewegung. Im Lichtkreis eines Verfolgerspots sieht man Schweißtropfen perlen.

Er macht ein paar Schritte rückwärts, verheddert sich mit den Füßen in einem Stromkabel, verliert das Gleichgewicht, findet es wieder, indem er sich am Verstärker abstützt, an dem die Les-Paul lehnt. Sie verliert ihrerseits das Gleichgewicht und fällt um. Ich meine das Geräusch eines gebrochenen Gitarrenhalses zu hören.

Einverstanden. Ich kaufe ihm seinen Dreifuß.

«So, hier ist Miquet. Ich hab dich schon mal angerufen, und du rufst nicht zurück. Das ist respektlos. Du musst schon bald zurückrufen, weil, du darfst nicht vergessen, deine Schulden zu begleichen.»

Es ist drei Uhr morgens, als Jules endlich ins Maquis zurückkehrt. Das Konzert hat vor zwei Tagen stattgefunden, und ich habe ihn seitdem nicht mehr gesehen. Ich kann nicht schlafen, weil ich auf ihn warte.

«Du bist noch auf, Papa?»

«Nur eine kleine Schlafstörung.»

«Ich bin erledigt. Ich hab seit neulich Nacht nicht mehr geschlafen, verdammt.»

Er setzt sich auf den niedrigen Tisch und schnürt seine Turnschuhe auf.

«Seit dem Konzert?»

«Ja. Wir haben zu viel Spaß gehabt. Und weißt du was, wir sind ans Meer gefahren, in die Normandie...»

«Mit dem Zug?»

«In dem Lieferwagen von Bollos Vater. Das ist der Schlagzeuger, er ist volljährig, keine Sorge.»

«Nicht zu besoffen, hoffe ich.»

«Keine Sorge, das war cool. Sag mal, können wir das Bett ausziehen?»

Er legt sich hin.

«Hast du gesehen? Ich bin in die Menge getaucht.»

«Ja. Beeindruckend. Ich dachte für einen kurzen Moment, der fällt noch auf die Schnauze!»

«Du hast mir selbst von diesem Trick erzählt. Ein alter Kumpel von dir hat das gemacht, oder?»

«Ah, ja, kann sein...»

Da sieht man, wozu die Neigung der Eltern führen kann, ihren Sprösslingen immer wieder dieselben Geschichten aus ihrer Jugend zu erzählen.

«Sag mal, wie lange bist du schon bei dieser Gruppe?»

«Zu lange, ich glaub, wir müssen uns trennen.»

«Warum? Ich finde, ihr passt prima zusammen.»

«Du bist also nicht uninteressiert?»

Ich nicke zustimmend.

«Wir haben aber schlecht gespielt, verdammte

Scheiße! Das schlechteste Konzert unseres Lebens.»

«Habt ihr schon viele Konzerte gegeben?»

«Nö, drei. Aber das war das erste richtige, vor einem richtigen Publikum, nicht bloß Freunde eben...»

«Wie lange probt ihr schon?»

«Nur zwei oder drei Monate, aber fast jeden Tag... Deswegen die Penne, ich konnte nicht mehr, die Gruppe war wichtiger. Aber *Maman* konnte ich das nicht sagen, verstehst du.»

«Drei Monate... Wo probt ihr?»

«Bei Bollos. Das ist in den Banlieues, in Clamart. Sein Vater stellt ihm eine Art Garage zur Verfügung.»

«Ihr komponiert, und ihr schreibt?»

«Ja, außer den Cover-Versionen. Hast du sie wiedererkannt? *Gang of Four, The Sounds...* Das hab ich auf deinen Platten gehört.»

«Wie viele Titel hast du persönlich im «Gibus» gespielt?»

«Nur sieben oder acht, aber wir haben noch jede Menge mehr.»

«Wie viele?»

«Gut zwanzig...»

«In drei Monaten?»

«Na ja, wir versuchen fast jedes Mal, wenn wir uns treffen, ein neues Stück zu komponieren. Das macht immer noch am meisten Spaß.»

«Habt ihr Probeaufnahmen gemacht?»

«Nein, wir speichern eine Aufnahme auf dem Mac von Sylvain, das ist alles, damit wir die Sachen nicht vergessen…»

«Wenn ich dir, sagen wir, für vier Tage ein Studio organisieren würde, könntet ihr vier Titel aufzeichnen?»

«Weiß nicht. Haben wir noch nie gemacht.»

«Ich besorg euch eins, mit Toningenieur und Produzent.»

«Wer denn?»

«Oliver.»

«Der Typ von *Panter Panic*?»

«Genau.»

«Nee, vergiss es, das ist unmöglich…»

«Warum?»

«Papa, das ist dein Business, du bist Produzent, das ist zu einfach, verstehst du?»

«Nein, das verstehe ich nicht.»

«Der verwöhnte Sohn reicher Eltern in Großaufnahme.»

«Du machst wohl Witze. Gerade darum, das müsst ihr ausnutzen.»

«Wir wollen, dass der Typ, der auf uns setzt, es aus guten Gründen tut…»

«Warum, glaubst du wohl, biete ich dir ein Studio an?»

«Du bist mein Vater, du denkst dir, dass ich so jedenfalls etwas zu tun habe, dass ich da an einer

Sache dran bin, bei der du mir zur Hand gehen kannst, das ist lieb, aber das sieht zu sehr nach Protektion aus.»

«Hör gut zu, mein Großer. Hier spricht nicht dein Vater, sondern K. Glaubst du, ich hab Geld zu verschleudern? Ich will nur hören, ob ihr es schafft, im Studio die gleiche Energie beizubehalten.»

Er sieht mich misstrauisch an. Ganz der Musiker, der sich bereits vor seinem Produzenten in Acht nimmt.

«Willst du die Wahrheit hören? Ich finde, du bist gut. Das ist alles.»

Das ist alles, was ein Musiker zu hören braucht: dass man ihn liebt.

Die Gruppe *Formica* ist zu viert. Einen von ihnen kenne ich. Ich mache Bekanntschaft mit den drei anderen.

Sylvain ist der Sologitarrist. Eigentlich soll er dieses Jahr Abitur machen, jedenfalls hat er nicht unterwegs abgebrochen. Jules und er verkehren seit der Grundschule miteinander. Ich bin seiner Mutter einige Male bei Schulschluss begegnet, ich kann mich an keins ihrer Worte erinnern. Jules hat Sylvain lange beim Spielen zugeschaut, bevor er gewagt hat, ihn mit Gesang und dann der Gitarre zu begleiten. Sie haben zusammen auf den Feten von Jugendlichen gesungen, und dann hat der

Stimmbruch es nicht gut mit Sylvain gemeint. Seitdem waren ihre Rollen klar verteilt, sie mussten nur noch eine Gruppe gründen.

Bollos ist der Schlagzeuger. Er wohnt in den westlichen Vororten, wo sein Vater ein Bauunternehmen leitet. Der Unternehmer stellt seinem Sohn einen Baucontainer am äußersten Ende eines Gewerbegebiets entlang eines Eisenbahngleises zur Verfügung. Dort probt *Formica*. Ein dreißig Meter langes Kabel verbindet den Container mit der Zivilisation, Strom ist für eine Rockgruppe unentbehrlich. Ich weiß nicht genau, wie Bollos Weg die Wege der beiden Gitarristen gekreuzt hat. Ich weiß nur, dass sie es sind, die ihm seinen Spitznamen verpasst haben. In ihrer Metasprache scheint Bollos «Spießer» zu bedeuten.

Vanita ist ganz allein auf ihr Pseudonym gekommen. Sie spielt seit vier Jahren Bass, sie ist sechzehn. Ihre ganze Leidenschaft. Auf dem Gymnasium ist sie in einem Zweig, in dem sich die Hälfte ihres Schulplans der Musik widmet. Ihre Eltern spielen in einem Symphonieorchester Geige. Die drei Jungs haben sie auf dem Konzert der *Strokes* oder der *New Gentlemen* kennengelernt, die Freundin einer Freundin, Unterhaltung auf dem Bürgersteig bei einem Bier oder Joint. «Ah ja, du spielst Bass, voll cool, das ist genau das, was wir suchen, einen Bassisten, aber gegen eine Bassistin haben wir auch nichts einzuwenden.» Während ein Mädchen in dieser Welt von Jungen sonst ständig mit den Armen rudern muss, um ihren Lebensraum zu schützen, begnügt Vanita sich damit, die vier Saiten an ihrem Bass zu zupfen, um ihren Platz zu behaupten. Ich bin überzeugt, dass die drei Jungs in sie verknallt sind, aber sie weiß es vielleicht nicht.

Sie haben vergessen, wer «*Formica*» als Namen vorgeschlagen hat.

Oliver versteht die jungen Leute nicht, oder er will ihnen nicht zuhören. Sie sind zu schnell für ihn. Seit den zwei Stunden, die sie im Studio sind, werkeln sie an demselben Titel herum. Er will, dass alles rund ist, sie wollen sich spitz. Ich bleibe im Hintergrund, hinter Oliver und dem Toningenieur. In dem aquariumähnlichen Studioraum sind die Jungen durch schalldichte, versetzbare Trennwände voneinander abgeschottet. Sie haben Schwierigkeiten, sich aufzustellen. Bei jeder neuen Aufnahme verlieren sie ein wenig an Energie.

«Begreifst du denn nicht, was ich dir sage, verflucht noch mal!?», explodiert Oliver schließlich. Er spricht mit Jules. Er bittet ihn, eine Note wegzulassen oder hinzuzufügen, so richtig verstehe ich das nicht, Jules auch nicht. «Schon gut, leck mich am Arsch, Discoman», antwortet Jules. Seine Kumpel grinsen. Das gefällt Oliver gar nicht.

Er glaubt, dass man sich mit den Fäusten Respekt verschafft. Er wird noch eine Stufe lauter.

«He, du kleines Arschloch, dir muss ich Höflichkeit wohl mit einem Tritt in den Hintern beibringen!»

«Leck mich am Arsch, wir wollen spielen, mit dir ist das langweilig, du nervst uns wegen einem lächerlichen Furz. Seit zwei Stunden käuen wir jetzt schon denselben Titel wieder. So oft haben wir ihn noch nie gespielt!»

«Eben, das hört man!»

«Sieh zu, wie du mit dem klar kommst, was du aufgenommen hast, wir wollen zu was anderem übergehen.»

«Wir haben noch nicht mal eine vollständige Aufnahme!»

«Aber du unterbrichst uns ja dauernd, du verdammter Korinthenkacker!»

Oliver stellt das Mikro nach draußen ab. Ich sehe, wie sich Jules Lippen bewegen, aber seine Stimme können wir nicht mehr hören. An seiner Mimik ist klar zu erkennen, dass seine Worte scharf sind.

Oliver nimmt seine Kopfhörer ab, steckt seine Zigaretten ein, steht auf und tritt trotzig vor mich hin.

«Wenn er nicht dein Sohn wäre, hätte ich ihm schon längst eine gefeuert, aber nun gut... Es tut mir leid, dir das sagen zu müssen, mein alter K., aber er ist ein kleines Arschloch, das Scheiße baut. Nur weil er dein Sohn ist, hat er nicht mehr Talent als die anderen. Vielleicht sogar weniger, you know... Nun ja, das sind eure Familienangelegenheiten, und die gehen mich schließlich nichts an.»

Oliver streift seine Lederjacke über, reicht dem Toningenieur die Hand, dann mir.

«Sieh zu, wie du mit dem Scheißer klarkommst. Jedem seine eigene Scheiße.»

Und er verlässt das Studio.

Der Toningenieur wendet sich an mich.

«Was machen wir jetzt?»

Er ist ein junger Kerl mit fettigen Haaren und schmutzigen Turnschuhen.

«Was hältst du davon?», frage ich ihn.

«Ich glaube, wir müssen die Mikros voll aufdrehen und sie spielen lassen. Wir müssen am Ende aussortieren, nicht am Anfang. Sie sind keine Profis, nur voller Energie. Wenn wir ihnen die nehmen, gibt das keinen Rock mehr...»

«Einverstanden. Und wir müssen die Trennwände zwischen ihnen wegräumen. Sollen sich so aufstellen, wie sie es gewohnt sind. Sie sollen als Gruppe spielen.»

Ich gehe zu den vier Mitgliedern von *Formica* ins Aufnahme-Studio. Sie rauchen schweigend.

«Wir schmeißen hin», sagt Jules. «Mit dem alten Arschloch da, wir können nicht mehr.»

Ich spüre, dass sie fest entschlossen sind. Aber ich habe gute Nachrichten für sie.

«Oliver ist gegangen.»

«Wegen uns?»

«Ihr kommt nicht miteinander klar. Das ist nicht weiter schlimm... Wir machen das anders. Wir räumen diese Stellwände weg, diese Kopfhörer, den ganzen Kram, der euch im Weg ist, und dann spielt ihr eure Stücke, so lange ihr wollt, so oft euch danach ist. Die Entscheidung liegt bei euch. Um den Rest, die Technik, macht euch keine Gedanken. Ihr habt einen guten Toningenieur in der Technik, ihm gefällt, was ihr macht, das ist die Hauptsache. Ihr habt vier Tage. Das ist eine ganze Menge. Macht was draus. Spielt.»

Ich mustere sie alle vier, einen nach dem anderen.

«Das ist cool», sagt der namens Sylvain.

«Ja, das ist cool», pflichtet das Mädchen bei.

Bollos scheint sich mit der Antwort zurückzuhalten. Er beobachtet mich mit herausfordernder Miene.

«Können wir auch Bier haben?»

«Natürlich», versichere ich ihm.

Bleibt noch Jules Zustimmung.

Er runzelt die Stirn, als er mit mir spricht.

«Und du? Was machst du?»

«Ich, ich höre zu.»

Er ist fantastisch, bombastisch, akrobatisch
Alle Mädchen sind verrückt nach ihm,
*   lass dich nicht verwirren*
Auch ich will Ruhm, und zwar intergalaktisch
Ich will rosa Schwalben, die mich umschwirren
Ich will auffallend sein
Von nackten Mädchen umgeben sein,
*   in einem Clip*
Ich will der maskierte Rächer sein
Der mit einer Strumpfhose unterm Slip.

Auf dem Bildschirm des Computers ziehen Bilder zu einem Lied von *Formica* vorüber. *Der maskierte Rächer.* Ein sehr einfacher Animationsfilm, an einen Scherenschnitt erinnernd. Die Mittel sind ärmlich, aber der Erfindungsgeist ist reich. Schillernd in der Form, überspitzt im Kern. Pop und Trash. 1 Minute 54.

«Einfach genial, oder?», sagt Jules.

«Das ist sehr lustig... Wer hat das gemacht?»

«Das haben wir mit den Freundinnen von der Kunstschule zusammengebastelt. Das ist unser erster Clip, wir werden ihn in die ganze Welt ausstrahlen.»

Naivität der Jugend.

«Das ist kein Clip, Jules…»

«Na klar ist das ein Clip.»

«Hast du die Bildqualität gesehen? Den kriegst du nie bei einem Sender unter, nicht mal nachts…»

«Aber wir pfeifen aufs Fernsehen, was wir machen, wollen wir auf MySpace & Co bringen…»

«Im Internet?»

«Ja.»

«Aber da sieht ihn doch niemand?»

«Warum?»

«Da sind zu viele, zu überlaufen. Wie willst du Aufmerksamkeit erregen?»

«Aber Papa, die virtuelle Welt ist wie deine wirkliche Welt. Es gibt Gemeinschaften, Netze, Leute, die sich kennen, miteinander reden. Du kannst mit deinen Freunden reden, als wärst du mit ihnen in einer Bar. Wir, unsere Klänge, die sind für unsere Kumpel. Auf die anderen, auf das Fernsehen, pfeifen wir!»

«Aber ihr verdient nichts…»

«Er hat uns nichts gekostet…»

«Ihr werft Stücke in die Gegend, die nirgends eingetragen sind, absolut nicht geschützt sind, und die euch jeder x-Beliebige klauen und Milliarden damit verdienen kann?»

«Aber du hast doch gerade gesagt, dass sie im Netz keiner sieht.»

«Eins zu null für dich», lachte ich.

«Was ich sagen will, Jules, ist, dass diese Lieder eure Arbeit sind. Sie gehören euch.»

«Das ist keine Arbeit.»

«In den Augen des Gesetzes schon.»

«Ich pfeif auf das Gesetz.»

Am liebsten hätte ich ihm eine gefeuert.

«Also gut, wir machen folgendes. Ich nehme die 35 Titel unter Vertrag. Ich lasse sie bei der Gesellschaft für Rechteverwertung eintragen und was sonst noch dazu gehört. Morgen kommt ihr alle vier und unterschreibt die Verträge, die Rechtserklärungen etc. Dann könnt ihr eure Titel in aller Ruhe ins Netz stellen.»

Ein kurzes Schweigen, mein Blick kreuzt den von Jules, er wartet auf eine Fortsetzung, er hat recht, ich fahre fort.

«Und jeder Vertrag ist natürlich eine Gage wert, ich gebe euch einen Vorschuss von 4 000 Euro…»

«Jedem?»

Ich muss einfach lachen, seine Schlagfertigkeit hat mich überrascht.

«Das wäre viel…»

«Viertausend für vier, das macht nur 1 000 für jeden. Das ist nicht viel.»

Ich halte schlapp dagegen:

«Das ist eine runde Summe…»

«Fünfunddreißig Titel, 1 000 Piepen? Übertreib bloß nicht!»

Wenn die andere Partei Gefahr läuft, von der

berechtigten Heftigkeit des Unterhändlers in die irrationale Wut des Kriegers abzugleiten, muss man immer nachgeben.

«Schon gut, schon gut, ich hab verstanden, reg dich nicht auf… dann mach mir ein Angebot…»

«Nein, ich weiß nicht, sag du was, das ist dein Job…»

«Nein, das ist deiner. Ich habe dir ein Angebot gemacht, das dir nicht passt. Jetzt ist es an dir, einen Gegenvorschlag zu machen. Das ist das Verhandlungsprinzip. Man spricht abwechselnd.»

«Feilscherei.»

«Du bist dran, etwas zu sagen.»

«Ich denke, dass… Wenn wir jeder 3 000 Euro hätten, wären wir zufrieden.»

«Das wäre zu viel für mich, die könnte ich nicht zahlen.»

«Ja, warum fragst du dann?»

«Jetzt bin ich an der Reihe, dir ein neues Angebot zu machen…»

Ich zögere, 1 500 zu sagen, noch eine Verhandlungsrunde, und er würde Gefahr laufen, die Geduld zu verlieren. Bei 2 000 bin ich sicher, dass er annimmt.»

«Tausendfünfhundert.»

«Nein. Zweitausend.»

Ich tue so, als würde ich einen Augenblick nachdenken. Mit einem Gesicht, wie ein Geizhals der nun ganz schön bluten muss.

«Einverstanden. Zweitausend.»

Ich reiche ihm die Hand. Nach einem Moment der Verwunderung schlägt er ein. Ein kräftiger Handschlag besiegelt unser Abkommen. Und dann lachen wir, ich nehme ihn in die Arme, und er lässt es sich gefallen. Mir ist fast zum Heulen.

Ich verjubele zu viel Geld. Ich rechne mit dem Geld aus einem Vertrag, der noch gar nicht unterschrieben ist. Vielleicht war ich zu habgierig. Wenn nötig, belasse ich die Sache bei 130 000 Dollar.

Der erste Artikel über *Formica* erscheint in einem monatlich erscheinenden Londoner Rockmagazin. Jules erklärt es mir.

«Wir haben fünf Titel auf MySpace gestellt, weißt du, darunter den mit dem Clip. Und der ist es, der angekommen ist. In zwei Monaten ist er schon sechstausend Mal runtergeladen worden. Das ist gar nicht schlecht, weißt du…»

Ich kalkuliere den Umsatz in guten alten CDs. Ich höre schnell auf. Unnötig, sich wehzutun.

«Und das Irreste ist, dass sie in England voll drauf abgefahren sind. Es sind die Engländer, die ganz geil drauf sind!»

Einer der am schwierigsten zu erobernden Märkte.

«Na also, dadurch, dass er gespielt wird, ist er einem Journalisten zu Ohren gekommen. Und, du hast ja gesehen, in der Illustrierten haben sie ein Bild aus dem Clip gebracht! Das ist doch besser als Fernsehen, oder?»

Ich lege das Magazin wieder auf den Tisch.

«Bravo.»

Ich verbringe den Vormittag in endlosen Diskussionen mit den britischen Labels. Schließlich ziehe ich über Brighton einen Typen an Land, der einen Sampler mit jungem Rock vorbereitet. Er kennt *Formica* bereits. Er will die Weltrechte, ich biete ihm Australien an. Hundertfünfzig Euro im Voraus. Das ist geschenkt, aber ich bekomme gute Prozente, und ich will um jeden Preis, dass *Formica* eine physische Existenz bekommt.

Die grafische Gestaltung des englischen Samplers ist miserabel, aber die Jungs sind recht zufrieden, ihre erste Platte in Händen zu halten. Sie kennen und schätzen die Gruppen auf der Track-Liste sehr und sind offenbar stolz, mit ihnen in Verbindung gebracht zu werden.

«Danke, das ist wirklich cool, Monsieur K.», sagt Sylvain.

Jules scheint fasziniert von dem Objekt, das er in alle Richtungen dreht.

«Eine echte CD, Jungs! Und außerdem ist die Hülle echt toll.»

Die englische Begeisterung für *Formica* dringt allmählich über den Kanal. Ich sporne die Jungs an, die Konzerte gemeinsam oder solo rasch aufeinander folgen zu lassen. Um ihre Tonqualität zu garantieren, bezahle ich Pierre, den Toningenieur des Studios. Sie werden von Nacht zu Nacht besser und ziehen allmählich ein festes Publikum an, das in der Lage ist, in einem Saal den Ton anzugeben.

Ich häufe die Bänder an, aber ich mache nichts damit.

Ich verjubele zu viel Kohle. Die Überweisung von den Japanern ist immer noch nicht da.

Eine Schallplattenfirma aus Compiègne schlägt mir vor, *Der Maskierte Rächer* mit in einen Sampler hineinzunehmen. Ich lehne ab. Ein schönerer Einstieg in den französischen Markt wäre mir lieber. *Formica* hat meinen Ehrgeiz angestachelt. Davon sage ich den Jungs nichts.

Jules schreit mich am Telefon an. Er hat mit dem Typ aus Compiègne gesprochen. Warum habe ich ihm *Der Maskierte Rächer* nicht gegeben? Ich benutze das Wort «Strategie», und er brüllt los. Meine marktstrategischen Überlegungen interessieren ihn nicht. Er hat dem Mistbauern sein Einverständnis gegeben, und er hat nicht vor, wortbrüchig zu werden. Das kann ich verstehen.

«Gut, bestätige ihm, dass das o.k. für mich ist, und sag ihm, dass er mich wieder anrufen soll, um den Papierkram zu erledigen.»

«Was für Papierkram?»

«Die Verträge.»

«Wozu? Ich hab ihm gesagt, dass wir ihm den Titel umsonst geben.»

«Ohne Vorschuss?»

«Er hat kein Moos.»

Ich bleibe ruhig.

«Aber wenn er Platten verkauft, erhaltet ihr Prozente, das ist normal, das ist das Gesetz. Er hat keine Wahl.»

«Gut, ich sag ihm, dass er sich mit dir auseinandersetzen soll. Tschüss.»

Er beendet das Gespräch, ohne meine Antwort abzuwarten. Gewisse Aspekte in der Persönlichkeit meines Sohns erinnern mich an seine Mutter.

«Wir haben kein Label, wir wissen nicht, wer wir sind, wir spielen Rock, das ist alles…»

Jules, Sänger und Gitarrist der Gruppe *Formica.*

Das ist die Bildunterschrift unter einem Foto von ihm. Man sieht ihn auf der Bühne, er hält sein Mikro mit beiden Händen, die Augen geschlossen, die Gitarre über die Schultern seines noch unbehaarten, jugendlichen, nackten Körpers gehängt. Es ist ein Artikel über das Wiederaufleben des Rock bei den jungen Leuten. Vier Seiten in einer großen, bekannten Wochenzeitschrift. Neunzehntausend Downloads des Titels. Und der Sampler aus Compiègne, von dem nicht mehr als dreihundert Kopien verkauft worden sind.

Was zum Teufel macht Tokio?

«Hier ist Miquet. Du hast nicht zurückgerufen, willst du mich verarschen?

Na schön, du willst es am nötigen Respekt fehlen lassen, willst du lieber, dass ich vorbeikomme und dir eine Abreibung verpasse? Ich bin schon unterwegs.»

Ich habe sie alle vier zusammengetrommelt. Sylvain scheint unter dem Einfluss von Gras zu stehen, das ihm den Verstand benebelt.

Ich komme direkt zur Sache.

«Ich glaube, es ist Zeit, eine CD rauszubringen.»

Sie machen keine Luftsprünge, um ihrer Freude Ausdruck zu verleihen. Das wundert mich.

Jules beobachtet mich argwöhnisch.

«Und du bringst sie raus?»

«Ja, warum nicht?»

«Du sagst die ganze Zeit, dass die CD gestorben ist, dass es keinen Sinn mehr hat, welche rauszubringen...»

«In diesem Fall glaube ich, dass es den Versuch wert ist. Die Ausnahme, die die Regel bestätigt. Eine Rohversion. Titel aus der Studiositzung. Ihr stellt mit Pierre einen neuen Mix zusammen.»

«Welche Titel?»

«Ihr müsst etwa fünfzehn aussuchen.»

«Warum nicht alle? Wir haben schon an die Zwanzig da draußen. Wenn auf der CD weniger sind als im Netz, sehe ich ehrlich gesagt keinen Sinn darin. Wir müssen alles auf einmal bringen. Genau, wir müssen sagen, dass wir das an diesen vier Tagen gemacht haben, diese Titel. Das war das Ding in dem Moment. Wie ein Teil von unserem Leben, das ist alles.»

Die drei anderen nicken mit dem Kopf.

«Ja, es ist besser alles rauszubringen», bemerkt Bollos, «so brauchen wir nicht auszuwählen. Das ist cool.»

«Wir werfen nur die doppelt aufgenommenen Titel raus, und der Rest volle Rohversion!», begeistert sich Sylvain.

«Wie viele haben wir schon? Fünfunddreißig? Wir nennen sie einfach ‹35 Tonnen›, Jungs!»

Allgemeine Zustimmung.

Ich weise darauf hin, dass der Titel schon einmal verwendet wurde.

«Uns scheißegal, kennen wir nicht.»

«Oder vielleicht ‹35 Megatonnen›?», schlägt Vanita vor.

Allgemeine Missbilligung.

«Oder ‹35 Federn›, das ist das Gegenteil von ‹Tonnen›», wirft Bollos ein. «Eine Feder ist leicht.»

«Es wäre das Gegenteil, wenn es ‹35 Ambosse› wären», bemerkt Vanita.

«Das sagt nichts aus, ‹35 Ambosse› ...»

«Vergiss es», seufzt die junge Frau.

Ich betrete die Arena.

«Es muss einfach sein. Die gute Idee ist die Zahl. ‹35› sagt etwas aus: 35 Stücke. Na also, das ist euer Titel, diese Zahl: 35.»

«Hast du das Geld dafür?», fragt Jules mich.

Ich bestätige es.

«Die Japaner?»

Ich bestätige es wiederum.

«Cool», kommentiert er.

Ich glaube nicht, dass ich Riesenmengen von «35» verkaufen werde. Die Titel leben bereits in einer anderen, anti-konsumorientierten Welt. Wenn *Formica* ein Handelsgut wird, wird die Gruppe Teil der realen Welt. Man bringt sie im Radio, im

Fernsehen, in der Werbung. Sie schafft sich Rechte. Da liegt unsere Überlebenschance.

«Du Arschficker von Bastard. Du bist umgezogen, ohne mir Bescheid zu sagen? Du Arschficker von deinen Toten, da hast du mir ganz schön in die Fresse gefickt, aber ich bin ein Soulja Boy, ich, Miquet, und ich schwöre dir beim Leben meiner Mutter und meiner Schwestern, dass selbst deine Mutter an dem Tag, an dem ich dich wiederfinde, deinen Kopf mit ihrem Hundefutter verwechseln wird. Arschficker du.»

Ich mache mir keine Sorgen. Wir leben jetzt in verschiedenen Welten. Nur diese Sprachbox verbindet uns.

«Meine Mutter hat…»

«Ach…»

«Sie hat mich wegen des Fotos in der Zeitung angerufen…»

«War sie stolz?»

«Sie hat gefragt, ob du mich an einem neuen Gymnasium angemeldet hast.»

«Oje.»

«Ich hab ja gesagt.»

«Oje, oje.»

«Sie wollte wissen, welches Gymnasium, ich musste ihr einen erschwindelten Namen nennen.»

«Hat sie dich entlarvt?»

«Nein, sie hat mir geglaubt, weil sie mir einen Vortrag gehalten hat, dass es unverantwortlich von dir gewesen wäre, mich aus der Schule zu nehmen, eine Kapitulation, und so...»

«Aber sie wird sich erkundigen. Warum hast du sie angelogen?»

«Damit sie dir nicht den Kopf abreißt, und mir auch nicht... Im ersten Augenblick war das mein Gedanke, verstehst du?»

«Ich werde trotzdem das Vergnügen haben... Hast du ihr gesagt, dass du eine Platte rausbringst?»

«Ja...»

«Ist sie stolz?»

«Weiß nicht. Sie hat gesagt, dass ich ihr die Verträge geben sollte, damit sie sie einem ihrer befreundeten Rechtsanwälte noch einmal zur Durchsicht geben kann, bevor wir sie unterschreiben.»

«Cool.»

«Sie wird dich anrufen, Papa.»

Zu cool.

«Lycée Maurice-Tillieux... Hat er den Namen in deiner Bibliothek gefunden?»

«Wahrscheinlich... Das ist beruhigend, wir wissen zumindest, dass er lesen kann..»

«Mir ist nicht mehr nach Scherzen zumute. Hast du ihn nicht irgendwo wieder angemeldet?»

«Ich habe mich bemüht, aber alle Gymnasien im Viertel waren belegt...»

«Du lügst.»

«Aber ich...»

«Ihr seid zwei Lügner. Ihr haltet euch nie an die Spielregeln...»

«Du willst immer noch das Drehbuch des Lebens schreiben, und wenn die Realität nicht damit übereinstimmt, beschuldigst du deine Partner, sich nicht an die Spielregeln zu halten. Tut mir leid...»

«Nein, ich bin die einzige, der diese Geschichte wirklich leid tut...»

«Ich glaube, dass es im Moment besser so für ihn ist. Er muss Druck ablassen, sich wieder zurechtfinden, auf eigenen Füßen stehen...»

«Wovon redest du da? Im Moment stützt du dich auf ihn. Du ziehst ihn mit in deine Abenteuer hinein. Diese Platte war doch deine Idee? Nicht wahr, Monsieur großer Produzent? Der in seinem Plattenlager schläft, aber zusammen mit seinem Dummkopf von Sohn die Zauberkünstler des Showbusiness spielen will. Was willst du aus ihm machen? Willst du ihn verderben, zerbrechen, ruinieren, ihm für sein ganzes Leben ein Handikap verpassen? Wo sind all die Künstler, Sänger, Sängerinnen, Musiker, auf die du gesetzt hast, mit denen du gewonnen, triumphiert, verloren hast? Na, sag es mir, was ist aus ihnen geworden? Du hast sie dein ganzes Leben lang aufsteigen, absteigen, wieder aufsteigen und sich letztendlich immer in Luft auflösen sehen. Willst du, dass dein Sohn dieses Schicksal durchmacht?»

«Das ist nicht das Gleiche.»

«Ach nein! Und warum nicht?»

«Weil ich da bin, um ihn zu beschützen.»

«Der einzige Mensch, vor dem er beschützt werden muss, bist du. Und ich werde dafür sorgen.»

«Gut, ich habe es satt, mir deinen Unsinn anzuhören. Tschüss.»

«Ich mach Schluss mit *Formica*», verkündet Jules. «Von mir aus kannst du die Platte rausbringen, mir ist das scheißegal, ich verlasse die Gruppe.»

Er setzt sich auf das Chevallier-Sofa. Ich schiebe den Stapel Rechnungen beiseite, den ich gerade studieren wollte. Ich stehe auf, setze mich ihm gegenüber. Er blättert in einer veralteten Fernsehzeitschrift.

«Warum schmeißt du hin?»

«Ich hab die Schnauze voll.»

«Wovon?»

«Weiß nicht. Ich hab die Schnauze voll von dieser Gruppe, das ist alles.»

Er wirft die alte Fernsehzeitschrift auf den niedrigen Tisch. Ein voller Aschenbecher kippt um. Eine Ungeschicklichkeit von einem ungezogenen

Kind, der eine väterliche Zurechtweisung verdient hätte. Genau das bezweckt er, Themenwechsel. Ich gehe darüber hinweg. Ich werde einen anderen Weg einschlagen.

«Und die anderen, hören sie auch auf?»

«Müssen sie wohl.»

«Warum?»

«Ohne mich gibt es keine Gruppe mehr. Ich bin der Sänger.»

«Na und?»

Ja, ich habe in dieser kleinen Missgeburt Eitelkeit gesät. Das Schlimmste ist, dass mich das nicht einmal überrascht, aber ich habe den Eindruck, eine alte Platte zu hören, die mir noch nie gefallen hat.

«In einer Gruppe steht der Sänger immer vorn. Das ist nun mal so, ich kann nichts dafür.»

«Und die anderen, wollen die auch aufhören?»

«Nö.»

«Du hast ganz allein beschlossen, die Gruppe aufzulösen?»

Er zögert einen Moment, bevor er antwortet.

«Ja…»

Kleines Arschloch.

Er schnappt sich die Zeitschrift, die er bereits durchgeblättert hat, blättert die Seiten zu schnell um, um eine Schlagzeile lesen zu können.

«Das ist ganz schön hart von dir, oder nicht?»

«Warum?»

«Du entscheidest ganz allein, obwohl Sylvain, Bollos und Vanita vielleicht weitermachen möchten. Du entscheidest für sie.»

Jules spürt, dass ich meinen Zorro-Ton angenommen habe, bereit, ihn sämtlicher Ungerechtigkeiten anzuprangern.

Er wirft die Zeitschrift wieder auf den Tisch. Der Inhalt des Aschenbechers verstreut sich ein wenig mehr.

«Nun ja, so ist es.»

«Mit wem hattest du Streit?»

Er sieht mich wütend an und brüllt fast:

«Mit niemandem!»

Er steht auf und verlässt schweigend das Büro.

Ich hinterlasse eine Nachricht auf Vanitas, Sylvains und Bollos' Handy.

Sylvain ruft als Erster zurück. Er ist in einer Kneipe in der Nähe des Place de la République. Ich bitte ihn, auf mich zu warten. Ein Notfall.

«Weißt du, dass Jules die Gruppe schmeißen will?»

Sylvain hebt den Blick zur Decke, er seufzt, antwortet aber nicht.

«Bist du auf dem Laufenden?», hake ich nach.

«Nein, aber… Pah… Ein wenig schon…»

«Weißt du warum?»

«Er hat mir nichts gesagt…»

«Er ist dein ältester Kumpel seit der Grundschule, ihr macht seit Ewigkeiten Mucke zusammen, du hast ihm sogar beigebracht, eine Gitarre zu halten, ihr stellt schließlich eine Gruppe auf die Beine, ihr gebt Konzerte, und jetzt steht ihr kurz davor, eine Platte herauszubringen, schon immer euer Traum, oder? Na? Das war ein Traum für euch, nicht wahr?»

Er betrachtet seine zerlöcherten Turnschuhe.

«Ja, das stimmt…»

«Und dann schmeißt dein bester Freund die Sache hin, euren gemeinsamen Traum, und du weißt nicht mal was davon?»

«Nun, nein…»

«Und mehr hast du dazu nicht zu sagen?»

Sein Blick schweift jetzt auf die Straße. Entlang des Quais sind kleine, rote, igluförmige Zelte aufgereiht. Der Anblick ist malerisch. Die Passagiere auf einem Schiff zwischen zwei Schleusen scheinen begeistert von dem fotografischen Glück. Eine Handvoll Camper in den Notunterkünften schenkt ihnen Lächeln und nach oben gestreckte Mittelfinger.

«Sieh mich an, Sylvain. Bitte… Sieh mir ins Gesicht.»

Sein finsterer Blick kehrt zu mir zurück. Ich kann nicht feststellen, ob seine Pupillen geweitet sind. Ist Sylvain auf einem Trip oder nur gehemmt?

«Antworte mir, Sylvain, verdammt! Ich bin euer Produzent! Ich hab eine Menge Schotter für euch auf den Kopf gehauen!»

«Sie sind außerdem Jules Vater.»

«Na und?»

«Das sind zwei Paar Schuhe...»

«Nicht für mich. Das ist ein- und dasselbe. Erzähl.»

«Was?»

«Warum hat er euch fallenlassen?»

Erneut geht sein Blick in Richtung der scharlachroten Iglus. Er seufzt.

«Scheiße...»

«Drogen?»

Sylvains Blick kehrt abrupt zu mir zurück.

«Neiin!»

«Ihr nehmt keine Drogen?»

«Ich weiß nicht... Was nennen Sie Dro-gen?»

«Und du?»

«Wir nehmen nichts, wirklich nicht, einen Joint halt, nur so, zum Spaß...»

«Ist das alles?»

Ich klinge wie der alte Junkie, der sich über die Nüchternheit der Jüngeren wundert.

«Oh, nur eine kleine Feier hin und wieder, eine Linie Koks, um in Form zu bleiben eben...»

«Rauchst du keine Kippen?»

«Ah das, nein!»

«Und Jules. Er feiert viel, oder?»

«Fragt hier der Vater oder der Produzent?» Er sieht mir in die Augen und lächelt.

Ich lächele ebenfalls, wie auf frischer Tat bei einem Meineid erwischt. Eine gewisse Komplizenschaft.

«Was zählt, ist, dass er seine Arbeit macht, die Proben, die Konzerte, das alles...»

«Du hast recht. Außer, dass er beschlossen hat, sie nicht mehr zu machen.»

«Ja, aber nicht, weil er zu viel feiert!»

Er zeigt die Selbstsicherheit von jemandem, der Bescheid weiß. Ich nagele ihn fest.

«Warum dann?»

«Geschichten mit... Das ist kompliziert, Monsieur K. ...»

«Sexgeschichten?»

Missbilligende Grimasse. Ich bin zu banal.

«Liebesgeschichten?»

Diesmal bin ich zu piepsig, aber ich komme der Sache näher.

«Gefühlsgeschichten?»

Er nickt mit dem Kopf.

Ich visiere den Punkt zwischen seinen Augen an.

«Vanita?»

Er schaut mich mit einem schmerzlichen Lächeln an.

«Gehst du mit ihr?»

Erneute Zustimmung.

«Und Jules ist auch in sie verliebt?»

«Nein.»

«Na und? Ich verstehe nicht. Wo liegt das Problem?»

Sylvain runzelt die Stirn.

«Ich bin das Problem.»

Das verschlägt mir die Sprache, bis die Information in alle bewussten und unbewussten Bereiche meines Gehirns durchgesickert ist.

Sylvain starrt mich herausfordernd an. Mein Blick schweift zu den roten Iglus. Wer sind die Frauen und Männer, die darin hausen? Man kennt seine Nächsten nicht. Ich wende mich wieder Sylvain zu.

«Du musst dich entscheiden», sage ich. «Du musst dich zwischen deiner Gruppe und deiner Verliebtheit entscheiden.»

«Vanita den Laufpass geben?»

«Liebst du sie?»

«Ich weiß nicht…»

Das ist ein schlechtes Zeichen für die Fortdauer ihrer Geschichte, aber für mich ist es ein gutes Zeichen.

«Und sie?»

«Ich weiß nicht… Sie sagt nein.»

«Und du glaubst ihr nicht?»

«Sie sagt, dass sie frei bleiben will. Aber deswegen hat sie doch trotzdem Gefühle, oder?»

Das ist eigentlich keine Frage, sondern eine

höflich verkleidete Behauptung. Ich brauche ihm nicht zu antworten. Das trifft sich gut, ich habe nicht mehr die Selbstsicherheit seines Alters. Und mein Problem liegt woanders.

«Wer weiß, dass ihr zusammen seid?»

«Wir sind nicht richtig zusammen, das heißt, doch, die ganze Zeit, aber das ändert nichts zwischen uns, das heißt, ich meine, wir knutschen nicht vor versammelter Mannschaft, wir halten keine Händchen und so. Zunächst, vor allem, spielen wir zusammen. Tatsächlich weiß nur Jules davon.»

«Nicht einmal Bollos?»

«Nein, ich glaub nicht...»

Ich hole Luft.

«Ihr müsst mit dieser Geschichte Schluss machen, Vanita und du.»

Sylvain schaut mich verblüfft an.

«Warum?»

«Weil Jules sonst nie zurückkommen wird und die Gruppe auseinander bricht. Keiner von euch will das wirklich.»

«Doch. Jules.»

Ich starre ihm herausfordernd in die Augen. Jetzt bin ich an der Reihe.

«Das hängt von dir ab.»

Ich betrachte ihn beim Schlafen.

Ich empfinde etwas für ihn, das ich noch nie für

jemand anders empfunden habe. Er ist mein Sohn. So einfach ist das.

Ich kenne ihn nicht, wir haben nicht genug in unserem Leben geteilt. Die Wochenenden, die Ferien. Manchmal nur wir beide, oft mit einer Frau, manchmal mit deren Kindern. Man kann das Nützliche ebenso gut mit dem Angenehmen verbinden. Ich habe ihm nur Sonne, Meer und Eiscreme bieten können.

Ich habe ihn noch nie beim Schlafen betrachtet. Nicht einmal, als er noch ein Baby war. «Schau ihn dir nur an!», sagte seine Mutter, «wie schön er ist! Aber schau ihn richtig an. Wirf nicht nur einen Blick auf ihn!» «Er ist ein Baby, alle Babys sehen gleich aus.» «Aber dieses ist dein Sohn!» Sie hatte nicht unrecht, aber ich konnte mich nicht dazu zwingen. Und dann, nach kurzer Zeit, war es schon zu spät, um ihn noch beim Schlafen zu betrachten.

Ich weiß, ich bin kein Papa, aber ich bin sicher, dass ich sein Vater bin. Das ist tief in mir begraben, und es kommt wieder hoch. Als ich klein war, sagte meine Mutter mir, dass ich egoistisch sei, dass ich nur an mich dächte, dass ich niemanden liebte. Das habe ich immer geglaubt.

Seit er hierher gekommen ist, habe ich nicht einen Tropfen Alkohol mehr getrunken.

«'ficker aus deiner Brut von Arschfickern, endlich antwortest du!»

Ich habe das Gespräch zu schnell angenommen, ohne die Identität des Anrufers zu überprüfen. Ich bleibe locker.

«Grüß dich, Miquet!»

«Wo steckst du, 'ficker deiner Toten, damit ich kommen und dir die Fresse polieren kann?»

List ist nicht Miquets Stärke, er posaunt seine Absichten lieber laut aus.

«Ah, Miquet, schön, von dir zu hören, ich bin nicht dazu gekommen, dich zurückzurufen, ich war im Krankenhaus.»

«Na und?»

«Auf der Intensivstation sind Handys verboten.»

«Na und?»

«Na, und ich konnte dich nicht zurückrufen.»

«Das ist mir scheißegal. Du hast mich nicht zurückgerufen, das ist respektlos!»

«Ich habe dich nicht respektlos behandelt!»

Ich hebe ganz leicht die Stimme, eine Art, meine Wut darüber kundzutun, dass ich verdächtigt werde, ihn respektlos behandelt zu haben. Heftig, aber nicht grob. Ein Gespräch mit Miquet läuft auf das Gleiche hinaus wie eine Unterhaltung mit einer scharf gemachten Splittermine. Eine falsche Vibration und das Ding fliegt dir um die Ohren.

«Ich wäre im Krankenhaus fast gestorben!»

Für einen kurzen Augenblick habe ich ihm das Maul gestopft. Es ist mir gelungen, mir Gehör zu verschaffen. Mit Hilfe einer Lüge, so ohrenbetäubend wie eine Detonation.

Dann findet Miquet sein Gleichgewicht rasch wieder.

«Krepier du nur, das geschieht dir Scheißkerl gerade recht.»

Ich höre ihn auflachen.

Die Vorstellung von meinem Tod erheitert diesen Mann also. Aber ich glaube nicht, dass diese Heiterkeit ausschließlich gegen mich gerichtet ist. Jeder könnte an meiner Stelle stehen.

«Du weißt, dass ich ruiniert bin, Miquet.»

«Geschieht dir Scheißkerl recht.»

Er lacht wieder auf. Die Freude, die ihm mein Unglück bereitet, ist ansteckend. Ich muss mich zusammenreißen, um nicht mitzulachen.

«Ich habe alles verloren, meine Platten, meine Büroräume, alles!»

Sein Lachen wird doppelt so laut, aber ich spüre auch, dass es gezwungen ist. Meine sorgfältig gewählten Worte haben seinen schizophrenen Panzer schließlich durchbrochen.

«Ich bin ruiniert, Miquet. Ich habe kein Geld mehr.»

Sein Lachen erstirbt augenblicklich. Miquet nimmt Verbindung zu meiner Wirklichkeit auf.

«Mir scheißegal. Ich will meine Kohle.»

«Welches Geld, Miquet?»

«Meine Kohle, die du mir schuldest.»

«Ich habe dir schon alles gegeben, was ich dir schulde. Weißt du noch, du hast mir ein Papier unterschrieben, ich habe deine Unterschrift, Miquet.»

«Dein Papier da ist mir scheißegal, meine Unterschrift geht mir am Arsch vorbei, 'ficker!»

Ich spüre, dass er drauf und dran ist, loszuheulen.

«Du hast recht, Miquet! Aber ich habe dir dein Geld schon gegeben, Miquet. Du hast mir an dem Tag dein Ehrenwort gegeben, wenn du dich recht erinnerst...»

Ebenso gut könnte ich von einer Teflonpfanne verlangen, sich an Gerüche zu erinnern. Aber das ist ein Köder. Ich will einfach nur, dass er eine Idee schluckt.

«Du hast dein Ehrenwort gegeben, Miquet. Dein Wort als Mann, Miquet, an jenem Tag, denk daran. Du wirst doch dein Ehrenwort nicht leugnen, Miquet.»

«Jetzt bringst du mich völlig durcheinander...»

«Denk daran.»

An seinem anhaltenden Schweigen merke ich, dass er einen Satz lang nachdenkt, mehr nicht.

«Ja, ja, aber du hast mir nicht genug gegeben! Du hast mich übers Ohr gehauen. Du hast es an Respekt fehlen lassen!»

Jetzt ist er also wieder am Anfang der Schleife, mühelos. Ich bin erschöpft. Also komme auch ich auf meinen Anfang zurück.

«Ich habe kein Geld, Miquet. Weder für dich, noch für die Künstler, noch für die Banken! Ich bin pleit-te. Verstehst du?»

«Die Banken sind mir scheißegal, und die Künstler, die auch, die sind mir auch scheißegal. Ich will, dass du mir gibst, was mir gehört, hör auf, mich durcheinanderzubringen, jetzt ist Schluss mit Ehre, jetzt kriegst du deine Strafe. Sag mir, wo du steckst, du Mistkerl, sag es mir, sofort, damit wir uns unter Männern aussprechen, du und ich, nur wir beide, und ich werd dir schon erzählen, wer hier recht hat!»

«Miquet, ich bin kein Goldesel, verstehst du das?»

Wir können noch Stunden reden, jeder in seiner Schleife.

«Du redest mit mir, du Arschficker von Bastarden deiner Ahnen!»

Ich puste in den Telefonhörer in der Hoffnung, eine Art magnetischen Sturm hervorzurufen.

«Hallo, hallo! Frrrrr. Miquet! Frrrr. Ich kann dich nicht mehr hören. Frrrr. Die Verbindung bricht ab! Frrrr. Ich bin in Spanien. Frrrr. Hallo! Hallo!»

Ich höre, wie er sagt, dass er mich sehr gut versteht, Mistkerl meiner Toten.

Ich breche das Gespräch ab.

Ich weiß, dass Miquet verstanden hat, was ich gesagt habe. Ich muss abwarten, bis die Botschaft in den betroffenen Instanzen Klick macht und diese über meinen Fall befinden. Nun also, ich setze auf Miquets Intelligenz.

Das gute süße Leben.

Ich habe Cookie als Presseattaché genommen. Im vorigen Jahrhundert war sie die Beste. Sie arbeitete frei für eine Handvoll Sängerinnen und Sänger, die die ersten Plätze in den Hitparaden für sich beanspruchten. Sie brauchten einfach jemanden, der sie vor den Journalisten abschirmte, und Cookie beschränkte sich darauf, die Anfragen der Medien auszusieben. Manchmal machte sie sich für einen Unbekannten stark. Den sie sorgsam ausgewählt hatte. Dann bot sie das glanzvolle Schauspiel ihres mächtigen Durchsetzungsvermögens. Von heute auf morgen war der Unbekannte – niemals ohne Talent und Charme – auf allen Radio- und Fernsehsendern, in allen Fachzeitschriften und allgemeinen Illustrierten. Kein Chefredakteur oder Programmleiter konnte ihr diesen Gefallen verweigern. Anderenfalls wären sie an die unentbehrlichen Stars ihres Geschäftsbereichs garantiert nicht mehr herangekommen. Einen Sommer oder Winter lang genoss die Neuentdeckung den Ruhm der Hitlisten. Normalerweise fiel er in der darauf folgenden Saison wieder in die Anonymität. Cookie ließ ihre Schützlinge nach der ersten Platte fallen. Sie war offen: sie schlug zu, wollte jedoch keine dauerhafte Konkurrenz mit ihren Kunden erzeugen. Aber en passant steckte sie einen Teil des Geschäftsprofits ein. Lange Zeit florierte das Unternehmen. Cookies Luxusvilla in Marrakesch war berühmt im Showbusiness. Dorthin eingeladen zu werden, kam einer Einladung in eine Ehrenlegion gleich. Dort duzte man Sylvie, Julien oder Étienne. Ich hatte in meiner Anfangszeit eine Woche dort verbracht. Als flamboyante Vierzigerin war Cookie selbst ein Star; ich bewunderte sie mehr als die Stars, die an ihren Tisch geladen waren.

Heute gehört Cookies Glanz einer Geschichte an, die niemand jemals niederschreiben wird. Sie hat ihre Räumlichkeiten in der Rue Marbeuf verkauft und empfängt mich in einem großzügigen, bei ihr zu Hause eingerichteten Büro in der Avenue Foch. Sie hat einen marokkanischen Industriellen geheiratet und verbringt sechs Monate im Jahr in der Sonne. Ich finde sie fast unverändert, ihr Chirurg muss einer der besten der Welt sein, und vor allem hat ihr schwarzer Blick seine Tiefe bewahrt. Die einzige erkennbare Veränderung ist das Perlenkollier. Wir rufen uns einige gemeinsame Erinnerungen ins Gedächtnis zurück. «Ich habe das alles aufgegeben, mein kleiner K.», erklärt sie, die solide alte Dame spielend. Ich weiß, dass das nicht ganz stimmt. Wenn sie sich auch von nun an mit institutioneller Imagepflege beschäftigt, besitzt sie doch immer noch eines der dicksten Adressbücher der Hauptstadt. «Ich kenne niemanden mehr aus dem Milieu», fügt sie hinzu. Sie weiß, dass ich gekommen bin, um ihr ein Musikgeschäft vorzuschlagen, und ihre schonende Vorbereitung soll den Schock ihrer Weigerung abfedern.

Ich spiele ihr einige Stücke von *Formica* vor und zeige ihr einen Ausschnitt aus einem Konzert.

«Das ist jugendlich und mitreißend. Der kleine Sänger sieht sehr gut aus, finster und romantisch. Die Mädchen und die Homosexuellen werden ihn vergöttern.»

«Das ist Jules, mein Sohn.»

Sie beobachtet mich einige Augenblicke lang lächelnd. Ihr Blick ist schelmisch.

«Einverstanden. Ich mache es für dich. Und für ihn. Und ich verlange keine Verkaufsprozente von dir. Selbst mit einer guten Werbung wirst du keine Platten verkaufen, das weißt du... Ich mache es just for fun, wie wir damals sagten...»

«Rock wird mit der Energie der Hoffnungslosigkeit gespielt, sonst ist es Showbusiness.» Das ist einer der Sätze, den ich aus einem Interview, das

Jules einer kulturellen Wochenzeitschrift gegeben hat, herausschreibe. Ich notiere auch: «Der Rock verbrennt die überflüssigen Fette. Ich spreche von denen, die das Gehirn ersticken. Kannst du mir folgen?» und «Es gibt kein Alter, um Rock zu hören, aber es gibt ein Alter, um ihn zu spielen. Hast du die Fünfundzwanzig überschritten, bist du tot, oder aber du wirst ein Profi in der Sache, ein Studiohase.» Es ist nicht die rebellische Haltung, die mich an diesen Worten überrascht, sondern der Ernst. Der Jules, den ich kenne, ist ein schlaksiger Jugendlicher, mürrisch, Nutellaliebhaber, der sich die meiste Zeit durch Schallworte ausdrückt. Aber vielleicht spricht man mit seinem Vater nicht über ernste Dinge. Dennoch fehle ich nicht in seiner Geschichte. Er beschreibt der Journalistin, die ihn nach seinen Einflüssen fragt, meine Schallplatten-sammlung. «Bei meinem Vater gab es einen ganzen Schrank voll alter Schallplatten. Zu unserem Glück gab es auch einen funktionsfähigen Plattenspieler. Für Sylvain und mich war das wie die Höhle von Ali Baba. Wir müssen so elf oder zwölf Jahre alt gewesen sein, als wir sie entdeckt haben, einzelne Titel querbeet oder Alben en bloc: Pixies, Sex Pistols, The Sound, The Clash, The Feelies, Devo, Cramps, Johnny Thunders, Doors, Jimmy Hendrix, Gainsbourg, Velvet Underground, Taxi Girl, Stranglers, Led Zeppelin, Siouxsie. Damit haben wir uns unsere Bildung verschafft. Ich behaupte nicht, dass wir sie noch alle hören, aber ja, das ein oder andere Mal haben wir dazu gekifft.» Etwas weiter erklärt er noch: «Mein Vater hat das alles nicht mehr angehört, er war auf Rap abgefahren. Er hat immer gesagt, dass sich dort die neue musikalische Revolution abspielt. Er ist davon abgekommen, der Rap ist vom Showbusiness geschluckt worden, und der Rock ist in die Garagen zurückgekehrt. Also, wir haben keinen Rock im Fernsehen gesehen, daher mussten wir ihn zu Hause selbst machen.» Nirgendwo in dem Artikel wurde deutlich, dass Jules Vater sein Produzent war. Ich hatte Cookie gebeten, darauf zu achten.

Ich finde verdächtige Spuren von weißem Pulver auf dem niedrigen Tisch. Ich tupfe den Staub mit dem Zeigefinger auf und führe ihn dann an den Gaumen. Kokain. Scheiße.

Es klingelt an der Tür. Ich fahre aus dem Schlaf hoch. Sieben Uhr dreißig. Das ist ein wenig früh für einen Gerichtsvollzieher, und der Banker telefoniert lieber. Ich schnappe mir eine Hose, streife sie blind über, stoße gegen einen Stapel unverkaufter Kartons, verstauche mir den kleinen Zeh. Es klingelt hartnäckig. Der Hauptraum liegt noch im Dämmerlicht, ich erkenne die ausgezogene Schlafcouch, unter der Bettdecke liegen zwei menschliche Gestalten. Das Klingeln scheint sie nicht zu stören.

Endlich öffne ich die Tür.

Ein Lieferant mit seiner Sackkarre. Ein Stapel geschlossener Kartons.

«Ah, ich dachte schon, es ist keiner da. Ich komme ein wenig zu früh, aber man ist nie schnell genug bedient, nicht wahr?»

Ich antworte nicht, ich stehe, habe die Augen fast auf, das ist schon eine ganze Menge.

«Sind Sie Monsieur K.?»

«Ja, das bin ich.»

«Also, nur eine Unterschrift hier, und ich lasse Ihnen die Kartons.»

«Was ist das?»

«Zweihundertfünfzig Exemplare von *Formica 35*. Was für ein Unternehmen haben Sie? Möbelhändler?»

Der Kopf, der unter der Bettdecke hervorschaut, gehört einem jungen Mann mit lockigen Haaren, die ihm auf die Schultern fallen. Er grüßt mich mit einem gut gelaunten Lächeln. Ich muss es einfach erwidern, auch ich bin jetzt gut gelaunt.

«Hat das Klingeln eben Sie nicht gestört?», frage ich ihn.

«Doch, aber ich habe nicht gewagt, mich zu rühren. Im Dunkeln wusste ich nicht, wo meine Kleider waren.

Ich weise auf Jules Kopf, der aus der Bettdecke schaut.

«Ihr charmanter Prinz hat einen tiefen Schlaf.»

«Wir sind spät ins Bett gegangen.»

«Ich habe euch nicht heimkommen hören.»

«Jules hat mich gewarnt, dass sein Vater da wäre. Wir haben so wenig Lärm wie möglich gemacht.»

«Tut mir leid, dass ihr aus dem Schlaf getrommelt wurdet. Ein übereifriger Lieferant. Wollen Sie Kaffee?»

«Lieber Tee.»

«Ah, das hab ich nicht.»

Ich öffne die erste Kiste, nehme eine CD heraus. Mit Schwierigkeiten entferne ich die Zellophanhülle, sicher von dem Verpacker ersonnen, der schon für die Verpackung des Schmelzkäses *La Vache qui rit* verantwortlich ist.

Die Hülle gefällt mir gut. *Formica 35*. Nüchterne Typografie, Schablonenschriftart, Typ Militär. Als Bild wollten die Jungs eine dieser naiven Zeichnungen, die den Erfolg ihrer Clips ausgemacht haben. Ich war für eine Fotografie gewesen. Ich habe ihnen die Namen der größten Porträtfotografen vorgeschlagen. «Hältst du uns für Madonna?», hat Jules bloß hervorgestoßen. Die anderen haben gelacht. Ich habe nicht weiter darauf bestanden, aber ich habe erreicht, dass sie dem

Prinzip der Fotografie zugestimmt haben. Wir haben uns auf ein Polaroidfoto geeinigt, das eine ihrer Freundinnen aufgenommen hatte. Es zeigt sämtliche Klischees, die Straße, die Dunkelheit, das feuchte Pflaster, aber auch die ganze Energie des Schnappschusses. Man weiß nicht, woher sie kommen, man weiß nicht, wohin sie gehen. Man hat einfach Lust, sie zu begleiten. Die Unschuld und der Zorn sind gegenwärtig.

Der junge Mann zieht sich an. «Oh je, ich komme viel zu spät zum Unterricht!» Ich reiche ihm ein Exemplar von 35. «Wollen Sie eins? Es ist noch brühwarm, gerade eingetroffen...» Seine Augen weiten sich. «Das ist super, danke!»

Ich koche Kaffee, biete ihm nochmals welchen an. «Danke, das ist nett, aber davon werd ich zu nervös!» Wir beobachten uns einen Augenblick lang. «Sie scheinen cool zu sein, als Vater.» Die Überlegung überrascht mich. «Ich weiß nicht... Vielleicht... Umso besser...» In seinem Lächeln liegt Rührung. Ich beobachte, wie er geht. «Grüßen Sie ihn von mir...»

Ich setze mich mit einer Tasse heißem Kaffee und einem Exemplar von 35 ans Kopfende des Bettes. Nur ein Haarbüschel lugt aus der Bettdecke heraus. Ich kann Jules Gesicht nicht sehen.

«He, du Murmeltier!»

Ich höre Jules murmeln. Ich sehe, wie das Haarbüschel eine 180-Gradwendung macht. Ich schließe daraus, dass Jules mir den Rücken zukehrt.

«Die Platte ist gerade gekommen. Ich halte sie in der Hand. Das musst du dir ansehen.»

Erneutes Murmeln. Das Haarbüschel vollführt eine Neunziggradwendung. Eine Hand taucht auf, zerrt an der Bettdecke, um das Gesicht freizumachen. Jules kneift die Augen zusammen, als wäre eine ganze Verfolgerspots-Anlage auf ihn gerichtet.

Ich wedle mit der Platte über seinem Kopf.

«Sieh dir das an.»

Seine Augenlider öffnen sich in Zeitlupe.

«Wie spät ist es?»

Seine Stimme verrät den Tabak der Nacht.

«Ich hab dir Kaffee gekocht.»

«Wie spät ist es?»

«Fast neun Uhr.»

Ich höre ihn aufschreien.

«Du spinnst wohl! Das ist zu früh!»

Er bedeckt sein Gesicht augenblicklich wieder mit der Bettdecke, und ich sehe das Haarbüschel in seine Ausgangsposition zurückkehren.

Ich bin enttäuscht, verärgert, wütend, mit meiner Platte in der Hand. Ich stehe abrupt auf und verschütte einige Tropfen Kaffee auf meinem Hemd. Ich dachte, dieser Tag fängt ja gut an. Dieses kleine Arschloch hat Jules fertig gemacht. Ich kann ihm genauso gut den Rest geben.

«Brauchst deinen Märchenprinzen nicht zu suchen, ist schon wieder mit der Kutsche weg.»

Ich bin ein Riesenarschloch.

«Glaubst du, dass sie diesem Schock gewachsen sind?», fragt mich Cookie.

«Was für einem Schock?»

«Dem Erfolg. Eine Gruppe ist anfällig. Drogen, Geld, Sex, Macht… Du kennst all die Fallen, K. Du hast genauso viele untergehen sehen wie ich.»

Ich stimme mit einem Kopfnicken zu.

«Ich weiß, das ist eine Geschichte, die immer schlecht ausgeht.»

«Oh nein! Zum Glück nicht immer!»

«Die wahren Rocker sterben einen gewaltsamen Tod.»

Sie lacht auf.

«Die Romantik der Junkies, das war letztes Jahrhundert, mein kleiner K.! Wärst du nicht gern an Micks oder Johnnys Stelle?»

«Nein, nicht wirklich.»

«Nun, Jules wäre es vielleicht gern.»

Angesichts meiner zweifelnden Miene bohrt sie nach.

«Was weißt du schon davon? Du bist nicht dein Sohn. Bist du schon mal auf eine Bühne gestiegen?»

«Nein.»

«Und du hast nie davon geträumt, es zu tun?»

«Nein.»

«Lügner.»

«Ja... Vielleicht, als ich klein war...»

Beim Einschlafen hörte ich Musik über die Kopfhörer. Ich war hintereinander der Sänger, der Gitarrist oder der Bassist – nicht der Schlagzeuger, das ist zu körperlich, und man kann sich nicht vor den Fans bewegen.

«Glaubst du, dass er robust genug dafür ist, K.?»

«Ich weiß nicht... Das ist schwierig...»

«Das kann ich mir vorstellen... Aber du musst ihm helfen, nicht abzustürzen.»

«He, Cookie, wir machen uns schon nichts vor und verkaufen erst recht nicht das Fell des Bären, ehe wir ihn erlegt haben. Immer mit der Ruhe. Das ist nur ein Album mehr, das seine Chance bekommt wie jedes andere, das heißt praktisch keine. Aber so hat Jules etwas zu tun, ich hab was zu tun, wir haben gemeinsam was zu tun. Weiter plane ich nicht voraus.»

«Komm mal wieder auf den Boden, K.»

«Ich glaube, weiter unten kann ich gar nicht sein.»

Cookie runzelt die Stirn.

«Weißt du was, K., du hältst mit Sicherheit einen großen Coup in den Händen. Die jungen Leute haben so viel von den Gruppen, die live im

Fernsehen herauskommen. Diese Jugend, das ist die Wiederkehr des Rock, K.!»

Ich lächele.

«Mir brauchst du die Geschichte nicht zu verkaufen, Cookie.»

Sie scheint verärgert.

«Aber ich meine es ernst. Ich bin nicht die einzige, die das glaubt. Schau mal, hast du die Presse gesehen? Ich hab dir alle besorgt. Die Fachzeitschriften, die allgemeinen! Eine halbe Seite in *Libé*, eine Seite im *Fig Mag*, eine weitere in *Paris Match*, und sogar eine achtel Seite in *Télé 7 Jours*! Manœuvre und Ardisson haben mir gesagt, dass sie das Album vergöttern!»

«Haben sie das Wort ‹vergöttern› gebraucht?»

«Nein, aber so gut wie. Ich fasse zusammen… *Formica* ist so jung, so unverfälscht, dass sie alle rühren, verstehst du! Das ist alles!»

«Du hast verdammt gute Arbeit geleistet, Cookie. Bringt auch niemand Jules mit mir in Verbindung?»

«Nein, aber für mich, ich wiederhole mich, ist das Blödsinn. Ich verstehe dich nicht.»

«Ich möchte lieber vermeiden, dass man Jules für einen verwöhnten Sohn reicher Eltern hält.»

Cookie sieht sich um, die Bettcouch, die Gartenstühle. Sie prustet.

«Die Umgebung sieht nicht gerade sehr nach verwöhntem Sohn reicher Eltern aus…»

Ihr Blick kehrt zu mir zurück.

«Aber wenn du akzeptiert hättest, dass wir darüber berichten, hätten wir garantiert die ganze Klatschpresse!»

«Ich glaube nicht, dass die Leser dieser Presse unsere Zielgruppe sind, Cookie.»

«Erfolg ist, wenn auch die Leser von *Gala* deine Platten kaufen.»

Das ist unwiderlegbar. Ich lache nur.

«Jules hat gestern angerufen.»

Seine Mutter.

«Hast du die Platte bekommen?», frage ich.

«Ja. Ich danke dir. Ich habe sie sogar angehört. Ist ganz schön lang, fünfunddreißig Stücke. Aber ich habe ihm gratuliert. Er hat etwas zu Ende gebracht, sein Projekt, und ich finde, das ist ein äußerst positives Zeichen für seine Zukunft.»

«Um so besser.»

«Und obwohl ich dagegen war, dass du es ihm so leicht gemacht hast, muss ich feststellen, dass du es geschafft hast, Jules Gleichgewicht wieder herzustellen. Ich danke dir.»

«Ich danke dir, dass du mir dankst.»

«Ich bin in der Lage, meine Fehler einzugestehen. Dennoch müssen wir jetzt an die Zukunft denken, nicht wahr?»

«Ja...»

«Du hast ihm ein kreatives, schulfreies Jahr be-
schert, aber von nun an müssen wir an den Beginn
des nächsten Schuljahres denken. Er muss unbe-
dingt sein Abitur machen. Wo gedenkst du ihn
einzuschreiben?»

Ich bin versucht zu antworten, im Lycée Maurice-Tillieux, aber über diesen Witz können nur
Jules und ich lachen.

«Hast du schon mit ihm darüber gesprochen?»,
drängt sie.

«Nicht wirklich.»

«Worauf wartest du? Dass ich mich darum
kümmere?»

Ich bin versucht, ihr zuzustimmen, aber zu viel
Offenheit schadet dem Seelenfrieden unserer Be-
ziehung immer.

Sie fährt von ganz allein fort.

«Ich kenne dich, du kennst mich, ich habe die
Dinge also schon in die Hand genommen. Ich habe eine erste Liste von Einrichtungen aufgestellt,
die geeignet sind...»

Ich lege das Telefon auf den Tisch.

Ich zähle in Gedanken bis zehn.

Ich nehme die Sprechmuschel wieder auf.

«... Nur unter dieser Voraussetzung wird es uns
gelingen, verstehst du mich?»

«Ja, ja, ich verstehe dich gut...»

«Du sprichst mit ihm darüber und rufst mich an.
So einfach ist das.»

«Einverstanden… Gut, ich ruf dich zurück…»

«Sag mal, bevor du auflegst, mal ehrlich, *Formica* ist ein total bekloppter Name, nicht?»

«La Cigale». Heute Abend muss *Formica* sich behaupten. Über jeden Zweifel erhaben sein. Sie sind alle da, Profis, Fans, Neugierige, Nachtschwärmer. Durch einen Kabelkanal und eine wöchentliche Musikzeitschrift konnte Cookie Freikarten vergeben. Der Saal ist voll. Ich mache sogar eine Handvoll Rapper aus. Wenn alle von *Formica* hingerissen sind, ist das der Crossover des Jahres. Saalmiete, Technikerlöhne, Materialmiete, Drucken von Flyers und Plakaten. Ein Abend zu 15 000 Euro. Die potentiellen Einnahmen können meine Kosten nicht decken. Der Gegenwert für die Investition liegt woanders. Eine Wertsteigerung des Markenimage. Ich musste bei einer Kreditgesellschaft einen privaten Kredit aufnehmen, um die Aktion zu finanzieren. Ich werde ihn vom Geld der Japaner zurückzahlen.

Ich bin nicht im Saal, ich beobachte ihn aus den Kulissen. Ich habe heute Abend keine Lust, herumzuscharwenzeln. Dafür ist Cookie da. Ich bin in der Garderobe von *Formica* nicht willkommen. Die Augenblicke vor dem Konzert spielen sich oft im engsten Kreise ab. Niemand zeigt gern seine Angst.

Der Saal ist in Dunkelheit getaucht, während die Bühne mit roten und weißen Lichtern gesprenkelt ist. Bollos betritt als erster die Bühne. Er macht sich sofort über sein Schlagzeug her. Vanita folgt unmittelbar danach, beginnt mit ihrem Viersaiter. Der Klang ist rums-bums, aber ich sehe, wie sich in der ersten Reihe schon Köpfe bewegen. Als Jules und Sylvain gemeinsam auf die Bühne springen und ihren ersten Akkord im Gleichklang anschlagen, werden sie mit stürmischen Rufen empfangen. Ich überrasche mich dabei, wie ich mit dem Fuß stampfe.

Häng deine Diskokugel weg
Und reinige deine Gitarrenplättchen, yeah
Das ist die Ära aus Plastik
Formica Panik

Der erste Titel ist gerade angestimmt, als ich sehe, wie eine Bewegung in der Menge die erste Reihe stört. Plötzlich fällt eine Handvoll Rapper über die Bühne her. Ihre Gesichtszüge sind unter ihrer Kapuzenmütze nicht zu erkennen. Sie sind zu fünft oder sechst. Schwarz, gelb und weiß. Sie rempeln die Musiker an, die Musik hört auf, das Publikum protestiert, ein großer Schwarzer konfisziert Jules Mikro. Die Handschuhgröße erkenne ich wieder. Miquet ist gekommen, um mir meinen Abend zu stehlen. «Hier ist Miquet Tonic, im Auftrag der

Musikergemeinde der Banlieues. Miquet Tonic und seine Brüder, wir sind hier, um Gerechtigkeit walten zu lassen, um Respekt vor dem wahren Rap zu fordern, dem Rap der Hardcore und der wahren Banlieues, und nicht der Banlieus der Nichtsnutze, Mistkerle und Bastarde. Aber der übelste aller Bastarde ist der, den ich hier suche. Er nennt sich Produzent, er ist nichts als ein Arschloch. K., du bist ein großes...» «KK!», Wiederholen Miquets Soulja Boys im Chor. «Wo du dich auch versteckst, ich muss dir die Fresse polieren, yo!», schließt Miquet.

Ich muss ihm gegenübertreten, ich verlasse die Kulissen.

«Salut, Miquet, ich hab dich erwartet.»

«'ficker, da bist du ja.»

Er kommt auf mich zu, die Finger in die Höhe gereckt wie ebenso viele Knüppel.

«Ich habe, was du brauchst.»

Er klebt mir eine, ich weiche drei Schritte zurück.

«Siehst du, ich habe dich gefunden. Wenn du Freitickets verteilst und deinen Namen draufschreibst, bist du zu leicht zu finden, Bastard!»

«Miquet, komm mit deinen Kameraden, wir gehen in ein Büro, wir reden über meine Schulden.»

Ich spreche so schnell wie möglich, aber nicht schnell genug, um Miquet zu bremsen. Er hebt schon eine seiner Pranken über mich.

«Spuck das Bargeld aus, gleich hier.»

«Wir gehen in ein Büro, Miquet, und ich spuck es aus. Wir lassen sie spielen, und wir regeln das.»

«Du warst zu respektlos mir gegenüber, 'ficker!»

Er klebt mir noch eine, ich schwanke.

Von da an geht alles zu schnell.

Miquet packt mich an den Ohren und schüttelt meinen Kopf. Meine Augen werden sofort feucht, aber ich sehe Jules brüllend auf uns zukommen. Ich glaube, er ruft «Lass ihn los». Ich glaube, Miquet hört ihn nicht, seine ganze Aufmerksamkeit und Energie scheinen darauf konzentriert, mir mit bloßen Händen den Kopf abzureißen.

Ich sehe, wie Jules seine Gitarre am Hals packt und sie über seinen Kopf hebt.

Die Gitarre erwischt Miquet mit vollem Schwung an der Schläfe, ich höre sein Genick knacken, er bricht zusammen, reißt mich in seinem Sturz mit, ohne meine Ohren loszulassen. Ich falle auf ihn, Gesicht auf Gesicht. Blut läuft aus seinen Lippen, seine Augen starren bereits ins Jenseits. Plötzlich, Todesstille. Vierhundert Personen halten den Atem an. Einen Herzschlag lang. Und ein drohende Stimme, die einwirft: «Arschloch von einem Bastard!»

Ich hebe den Kopf wieder, Miquets Komplize hält eine gewaltige Pistole am ausgestreckten Arm. Drei Meter entfernt, in seiner Schusslinie,

Jules. Ich habe noch Zeit, seinen Blick aufzufangen, zornig, erstaunt, dann höre ich den Knall. Ich sehe, wie Jules Körper nach hinten geworfen wird. Ein Schrei im Chor im Saal. Meiner bleibt mir im Hals stecken. Der Killer legt auf mich an, ich habe noch Zeit, seinen Blick aufzufangen, zornig, erstaunt. «Na los, schieß, verdammt!»

Aber er nimmt die Waffe wieder hoch und flieht.

Jules Körper wirkt verrenkt.

Ich habe sein Blut an meinen Händen.

Der Himmel ist grau
Du hast mich verlassen
Aber das ist nicht das Schlimmste
Denn es regnet hier
Und die Nacktschnecken werden überall
  einfallen.

Gabriel steht auf der Sonnenseite des Lebens. Er hat einen guten Job, eine charmante Frau, ein traumhaftes Haus, zwei bezaubernde Kinder und jetzt auch noch einen Porsche Cayenne. Aber dann passiert etwas. Und um seine «netten Rahmenbedingungen» aufrechtzuerhalten, wird der harmlose Biedermann gleichsam zwangsweise zu einem Serienkiller, der jeden beseitigt, der das gefährden könnte, was er sich so hart erarbeitet hat ...
Verfilmt von Laurent Bouhnik, mit Manuel Blanc, Jackie Berroyer, Philippe Duquesne u.a.

Colin Thibert
Nächste Ausfahrt Mord
ISBN 978-3-942136-00-6

Beim Essen hört der Spaß auf! Eine Ehefrau, die regelmäßig die Sellerie-Remoulade verpatzt, kann man ein paar Jahre ertragen, aber nicht ein Leben lang. Sie wird kurzerhand in einem Wutanfall beseitigt. Eine gute Köchin, die findet sich schnell. Tournedos Rossini, Tauben mit Foie gras, alles mit dem Wein des Hauses abgerundet, das sind fast paradiesische Zustände für einen Winzer, dem gutes Essen über alles geht ...
Außer wenn zwei Monster aufeinander treffen.
Verfilmt von Emmanuelle Bercot, mit Niels Arestup, Julie-Marie Parmentier u.a.

Chantal Pelletier
Schießen Sie auf den Weinhändler
ISBN 978-3-942136-01-3

Weitere Infos und Gesamtverzeichnis: www.distelliteraturverlag.de

Wenn ein Sohn außer Kontrolle gerät und einer neurotisch-strengen Mutter und einem als Musikproduzent ruinierten Vater deren Trennung heimzahlt, was bleibt übrig, um ihn die Jugend einigermaßen heil überstehen zu lassen? Rock 'n' Roll. Und der Vater schöpft wieder Hoffnung, obwohl er weiß, dass diese Musik mit der Energie der Hoffnungslosigkeit gespielt wird. Er versucht, seinem Sohn, der eine vielversprechende Gruppe gegründet hat, zum Durchbruch zu verhelfen. Doch die Zeichen stehen schlecht und die Vergangenheit holt den Papa ein ... **Verfilmt von Patrick Grandperret, mit Antoine Chappey, Léo Grandperret u.a.**

José-Louis Bocquet
Papas Musik
ISBN 978-3-942136-02-0

Bei seiner ersten Ermittlung hat es sich Corbucci, Privatdetektiv mit Migrationshintergrund und der Philip Marlowe von Nizza, nicht leicht gemacht. Dieser Bewunderer von Don Quichotte legt sich einer hübschen Blondine zuliebe mit einem mächtigen mafiosen Netz von privaten Kliniken, korrupten Polizisten und Politikern an. Was ihm für sein Debüt als Privatdetektiv nicht wenige Feinde einbringt. Zum Glück gibt es einen alten Flic, der nicht korrupt ist, und der seiner Spur folgt. **Verfilmt von Brigitte Rouan, mit Ysaé, Gérard Meylan, Sarah Biasini u.a.**

Patrick Raynal
Landungsbrücke für Engel
(Schönheit muss sterben)
ISBN 978-3-942136-03-7

Weitere Infos und Gesamtverzeichnis: www.distelliteraturverlag.de

Sara, die Kunstmalerin werden will, kommt aus dem Kongo nach Paris Barbès. Ein Viertel voller Crack-Dealer und Junkies, wo sie als Prostituierte arbeitet, um das Geld für das Flugticket und die falschen Papiere zurückzahlen zu können. Als sie die Summe nach drei Monaten fast zusammen hat, wird ihr das Geld gestohlen und ihre Zimmergenossin dabei ermordet. Sara sucht Hilfe bei einem ehemaligen Streetworker. Aber von da an ist das ganze Viertel hinter ihr her... **Verfilmt von Dominique Cabrera, mit Aïsa Maïga, Samir Guesmi u.a**

Marc Villard
Die Stadt beißt
ISBN 978-3-942136-04-4

In ihrer engagierten Radiosendung lässt Crista Gefängnisinsassen zu Wort kommen, unter anderem auch einen gewissen Manu. Als dieser entlassen wird, will er sich persönlich bei Crista bedanken, die sich auf der Stelle in ihn verliebt. In der Hoffnung auf einen Job für ihn stellt sie Manu dem geheimnisvollen Leiter des Radios vor, und die beiden kommen tatsächlich ins Geschäft: Manu entwickelt für den Sender ein überaus leistungsfähiges Informatik-System. Was Crista nicht ahnt, ist, dass sie damit den Wolf in den Schafstall gelassen hat ... **Verfilmt von Orso Miret, mit Lubna Azabal u.a.**

Didier Daeninckx
Nur DJs gibt man den Gnadenschuss
ISBN 978-3-942136-05-1

Weitere Infos und Gesamtverzeichnis: www.distelliteraturverlag.de

Annabelle hat im Allgemeinen kein Glück. Sie lässt sich auf jedes krumme Geschäft ein, um sich in Thailand eine Geschlechtsumwandlung leisten zu können, die aus dem «Er» eine richtige «Sie» machen soll. Doch ihr letztes Ding geht gründlich schief. Sich-Mühe-geben, gepaart mit Naivität, genügt nicht, um ihr Ziel zu erreichen. Vor allem wenn man es mit den ganzen Gaunern der Porte de Montreuil zu tun hat. Also bleibt ihr nichts anderes übrig, als sich wie ein «richtiger Kerl» zu verhalten...
Verfilmt von Guillaume Nicloux, mit Clément Hervieu-Léger u.a.

Laurent Martin
Die Königin der Pfeifen
ISBN 978-3-942136-06-9

Der Zeichner Ambroise Fridelance ist schüchtern und kleinmütig. Er lebt so dahin zwischen einer querschnittsgelähmten Frau, die ihm das Leben schwer macht, und einem gewissenlosen Verleger, der ihn für seine Buchillustrationen mehr als knauserig bezahlt. Ambroise hofft aus diesem Desaster herauszukommen, indem er einen alten Hocker aus Familienbesitz verkauft, bei dem es sich um ein kostbares afrikanisches Objekt handelt. Ambroise träumt von Reichtum, Glück und Rache ... Als er merkt, dass er bei dem Geschäft hintergangen wird, offenbart Ambroise ungeahnte Reserven von Wut und Aggressionen...
Verfilmt von Claire Devers, mit Clotilde Hesme, Laurent Stocker u.a.

Romain Slocombe
Das Tamtam der Angst
ISBN 978-3-942136-07-5

Weitere Infos und Gesamtverzeichnis: www.distelliteraturverlag.de

Sein Job als Leibwächter einer amerikanischen Filmdiva war nicht aufregend — aber einträglich. Und Nestor Burma hat sich dadurch in Filmkreisen einen gewissen Namen gemacht. Der nächste Auftrag läßt nicht lange auf sich warten. Er wird von einem potenten Filmproduzenten beauftragt, auf dessen Hauptdarsteller in seinem nächsten Film «aufzupassen». Dabei gerät Burma in Auseinandersetzungen zwischen Filmproduzenten, in Rivalitäten zwischen Stars und Sternchen, und er stolpert über jede Menge Rauschgift und Leichen ...

Léo Malet
Corrida auf den Champs-Élysées
ISBN 978-3-923208-85-2

Eine junge Schauspielschülerin, die davon überzeugt ist, daß ihr Geliebter, ein romantischer Medizinstudent, ermordet worden ist, bittet Nestor Burma um Hilfe. Obwohl alles für Selbstmord spricht, übernimmt Burma aus Symphathie für seine Auftraggeberin den Fall und taucht in die Szene vom Quartier latin ein. Er trifft auf ausgeflippte Studentinnen und Studenten sowie auf einen seltsamen Bohemien. Burma muß sich sogar mit einer Leiche prügeln, um schließlich eine makabre Machenschaft aufzudecken.

Léo Malet
Makabre Machenschaften
am Boul' Mich'
ISBN 978-3-923208-86-9

Weitere Infos und Gesamtverzeichnis: www.distelliteraturverlag.de

**Jean-Patrick Manchette
Jean-Pierre Bastid
Laßt die Kadaver bräunen!
Série Noire**

Luce, exzentrische Malerin, hat einen illustren Kreis in ihrem halbverfallenen Weiler im Süden Frankreichs um sich geschart. Dazu gesellen sich drei Gangster, die einen Geldtransporter überfallen und den Weiler für das ideale Versteck für sich und ihre Beute halten. Als dann eher zufällig zwei Dorf-Gendarmen auftauchen, kommt es zu einem irrwitzigen Show-down ...

Dieser Roman begründete den «Neo-Polar», der die französische Kriminalliteratur revolutionierte.

**Jean-Patrick Manchette
Jean-Pierre Bastid
Laßt die Kadaver bäunen
ISBN 978-3-923208-83-8**

**Jean-Patrick Manchette
Fatale
Série Noire**

«Fatale» rast wie ein führungsloser Nachtexpreß durch die Phantasie des Lesers. Auf gerade 148 Seiten entrollt der bitterböse Roman die Geschichte eines Amoklaufs ... Manchette schreibt voller Outcast-Spott und beißender Sozialkritik. Die Romane mancher Kollegen wirken dagegen wie Bettlektüre für Asthmatiker. ***stern***

**Jean-Patrick Manchette
Fatale
ISBN 978-3-923208-81-4**

Weitere Infos und Gesamtverzeichnis: www.distelliteraturverlag.de

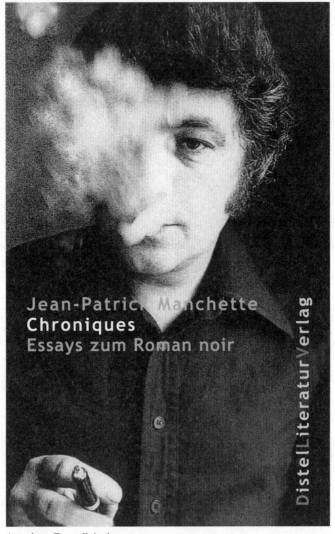

Jean-Patrick Manchette
Chroniques
Essays zum Roman noir

DistelLiteraturVerlag

Aus dem Französischen von
Katarina Grän und Ronald Voullié
344 Seiten, Personenregister, € 20,00 / sFr 32,50
ISBN 978-3-923208-78-4

Weitere Infos und Gesamtverzeichnis: www.distelliteraturverlag.de

In der «Série noire» sind bisher erschienen (Auszug):

Weitere Infos und Gesamtverzeichnis: www.distelliteraturverlag.de

SUITE NOIRE

DIE FILME ZUR THRILLER-BUCHSERIE

Ab Herbst 2010 auf DVD.

8 x 60 Minuten

**RABENSCHWARZ, DÜSTER UND
UNGLAUBLICH HOCHWERTIG PRODUZIERT.**

TV IN KINO-QUALITÄT!